本能寺から始める信長との天下統一

HONNOUJI KARA HAJIMERU NOBUNAGA TONO TENKATOUITSU

常陸之介寛浩
イラスト／茨乃

本能寺から始める信長との天下統一 10

常陸之介寛浩

OVERLAP

目次

イラスト／茨乃

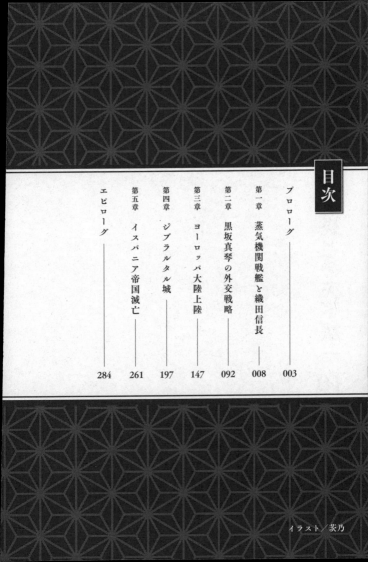

プロローグ

《語り継がれる黒坂真琴《くろさかまこと》物語の分岐がされた時間線、その枝分かれした時間線上のクイズ番組》

テレビ画面は大きな木のCMをバックにおなじみの歌と株式会社常陸《ひたち》技術開発研究製作所グループの字幕が高速で流れた後、

「常陸ふしぎ発見は、ご覧のスポンサーの提供でお届けします」

アナウンスが流れ、クイズ番組のスタジオに映像が切り替わった。

「本当に本日の番組内でいろいろな事がわかる驚きの回となっております。さて、3問目に行きたいところですが、皆様に食べていただきたい物があります。こちらです」

マッチョダンディーな大黒様の笑顔の様な司会者がそう言うとスタジオの中央に大きな土鍋が運ばれて来た。

蓋を取ると、湯気がぶわっとあがり、その湯気と共に少し独特な生臭さを感じる匂いではあったが食欲をかき立てる匂いでスタジオ内が包まれた。

「本日は今が旬、そして、黒坂真琴が愛した茨城名物・鮟鱇《あんこう》のドブ汁をご用意しました。

皆さんに試食していただきたいと思います」

鍋を画面一杯に映すとドブドブと鈍い音を立てて煮えていた。

「一説にはこの濃厚な汁がドブドブと音を立てて煮えることからドブ汁と呼ばれる茨城の郷土料理ですがいかがでしょうか？」

すると上品に食べていた白柳鉄子さんが、

「この鮟肝《あんきも》が溶けたお汁が濃厚で大変美味《おい》しゅうございますね。毎年冬にいただくのが楽しみなんですよ」

野々町君が、

「これ、魚なんですか？　凄《すご》い脂なんですが？」

とぼけた顔で言うと、マッチョなダンディー司会者が、

「野々町君これは常磐物《じょうばんもの》の高級魚なんですよ、西の河豚《ふぐ》、東の鮟鱇って言われるくらい有名なのにそんな事も知らないんですか？」

少し毒舌ツッコミを交えて言った。

観客も「えっ？　知らなかったの？」と言う顔をしてクスクスと笑っている。

鮟肝は確かに濃厚で魚というレベルではないくらいに脂が豊富だが、ＤＨＡが豊富で体に良い。

そして、鮟鱇の皮には豊富にコラーゲンが含まれている。

久慈川萌香《くじがわもえか》と結城智也《ゆうきともや》と高萩貴志《たかはぎたかし》は食べ慣れているように骨をしゃぶり皮のゼラチン質を喜んで食べていた。

「真琴君は吊《つる》し切《ぎ》りもマスターしていたんですよ。それは見事な捌《さば》きっぷりで……」

久慈川萌香が懐かしみながら言うと、結城智也が、

「そう言えば文化祭で披露して話題になったような」

「ああ、あれも美味《うま》かったな。あいつ、何気に調理師免許を取ろうとしていたしな」

高萩貴志も相づちを打ちながらドブ汁を食べていた。

「皆さん、ドブ汁に夢中になっていますが、このまま3問目に行きたいと思います。常陸時代ふしぎ発見！」

映像はスタジオから大きな城に映像が変わると、ベテランミステリーハンター竹外さんは豪華な萌《も》え萌《も》えな美少女の彫刻が施された天守をバックに映っていた。

「茨城飛行艇国際港から一っ飛びしまして、日本国イスパニア州のジブラルタル城に来ております。本日は黒坂真琴のお祖父様《じいさま》であられる日本政府後見役参議・黒坂龍之介《りゅうのすけ》様の特別なご許可をいただきまして、天守の中を撮影することが許されました。普段は非公開のジブラルタル城天守内部ですが、黒坂真琴がこの番組の大ファンだったという事なので許可がおりました。なんと世界初公開映像です」

そう言って、天守の中を映し出す。

「素晴らしいですね。17世紀を代表する萌え芸術の三大巨匠・黒坂真琴・左甚五郎《ひだりじんごろう》・狩野永徳《かのうえいとく》、合同作品の最高の城と言って良い天守、素晴らしい。まさに極楽浄土？　天国？　と思わせる多くの美少女が微笑《ほほえ》ましく楽しげな表情で装飾されております。その数は数え切れない物とされていますが、本当に何人描かれているかわかりません。圧巻です」

しばらく、天守内部を映す画像が続いていた。

装飾が傷まないよう普段は非公開の天守内部の映像は大変貴重な物であり、世界で同時放映されていたこのクイズ番組は瞬間最高視聴率をたたき出していた。

ベテランミステリーハンター竹外さんが最上階から城下町を見ると、石の塔のてっぺんが真っ赤な炎をあげ勢いよく燃えていた。

「見えますか？　あれがフィリッペⅡ世の処刑を行った塔です。今も変わらず燃え続けており『地獄の業火の塔』またの名を『インフェルノ・フレイム・タワー』と呼ばれる処刑台です。あの塔にはその後も何人も入れられました。さて、ここで問題です。平和を愛し人殺しを嫌ったという黒坂真琴だったのですが、どうしてあのような処刑方法を選んだのでしょうか？」

映像がスタジオに切り替わり、司会者を映すと司会者はすぐに解答を求めた。

「このままノーヒントで行きたいと思います」

「えっぇぇぇぇ～ちょっと待ってくださいよ草山さん～」

野々町君が言うなか他の４人は解答を書いていた。

場の空気を読んだ野々町君も慌てて答えを書く。

「解答が出そろいましたので一斉に」

解答が書かれた画面が解答者席の後ろの画面に映し出された。


白柳鉄子『遺体を全て燃やすため』赤マッチョ人形を賭ける。

久慈川萌香『萌えると燃えるの駄洒落《だじやれ》』白マッチョ人形を賭ける。

結城智也『死体を燃やし続ける意味を持つ』赤マッチョ人形を賭ける。

高萩貴志『戒めの火とするため』赤マッチョ人形を賭ける。

野々町君『揚げ物が好きだった』白マッチョ人形を賭ける。


答えが出そろうとマッチョなダンディー司会者は野々町君に、

「黒坂真琴があれで揚げ物をしていたのですか？」

「いえ、揚げ物が好きだから刑罰も揚げたのかなと」

言うと観覧席から「うっ」と気持ち悪がられる声が聞こえた。


「では、答えはこちらです」

第一章　蒸気機関戦艦と織田信長

《イスパニア帝国》

『高山右近《たかやまうこん》、思いのほか高く売れたな、あの萌とか言われた女が描かれた品々は』

『はい、ですがまだまだ金が必要です。それに鉄も集めねば』

『えぇい、だったら税をもっと多く取れば良かろう、それに各家から鉄を出させい。鉄も税として納めよとふれを出せ、日本国に勝てば倍にして返してやるとな』

『ではその様にして日本に負けない鉄貼りの船を造り、先《ま》ずはケープタウン奪還を』

『兎《と》に角《かく》、日の本の国になんとしても勝たねばならぬ、なんとしてもだ。世界の富は我の物なのだ』

フィリッペⅡ世と高山右近は負け続けた日本に対抗するべく、鉄甲船建造を増税と国民から鉄を奪い取ることで推し進めていた。

◇　◆　◇　◆　◇

1600年5月5日

常陸鹿島港を蒸気機関戦艦・武甕槌《たけみかづち》で出港した俺は無補給でオーストラリア大陸に向かう事に挑戦した。

水車の形状外輪式推進装置と蒸気機関は問題なく動いてくれているが、石炭と水の節約に風と潮流も利用、風がよい方向の時は帆を張って蒸気機関を止めた。

蒸気機関外輪式推進装置付機帆船型鉄甲船戦艦、この長い正式名称の通り推進力は蒸気機関と帆の二つを使っている。

この時間線において初めての船なのだが家臣達《たち》は巧みに操ってくれた。

「なにニヤニヤしながら見ているのよ！　あっ、紅常陸隊に好みの娘でも見つけた？　あっ！　良美《らみ》と黒江《くろえ》？　胸大きい女好きですもんね！」

脇腹を鉄扇で突く地味痛い攻撃をしてくるお初《はつ》がキリッとした目で睨《にら》めて言ってきた。

「馬鹿、そんなんじゃないってっとにお初は俺を何だと思っているんだよ」

「下半身猛獣」

「阿呆《あほう》か！っとに、俺はこの複雑な船を上手《うま》く操舵《そうだ》してくれているのが嬉《うれ》しいんだよ。俺が思い描いた船を造ってくれた職人達もありがたい」

「確かにこんな船を造るのも扱えるのもみんなの努力のおかげ。その努力する心を伸ばしたのは真琴《まこと》様なのよ」

「俺が？」

「家臣達の多くは、真琴様が農業改革を始めた事で家族が救われました。子を間引く事も姥捨《うばす》て山《やま》の話もなくなりました。だからその恩に報いなきゃって必死になって勉強してますから」

「農業改革、こんな所に繋《つな》がってくるんだね」

「そうですわよ。それに当家では兵士を男女差別なく皆を武士として扱い、実力次第でどんどん出世が出来ますからね。やる気が皆を動かしています。女でも家を興す事の前例も作りましたから」

「あぁ、東住《とうずみ》家か。麻帆《まほ》の死後、当主を美帆《みほ》としたが代々続く家にしたい」

「大洗に帰っている間に遠縁の男子を養子とした届けが出されたわ。もしもの時にはその子が家名を継げる手続きを出港前に済ませておいたわよ。その子は鹿島の学校に入学したそうです」

「それなら安心か、船旅、なにが起きるかわからないからね。戦いでは死なせるつもりはないけど災害だけはどうしても……」

「ほら、くらい顔をしないの！　それより未来ではこんな船が多く行き交っているのですか？」

話が未来のことになり、お初は小声で言う。

今、側《そば》にいるのは俺の左腕にしがみつきコックラコックラと眠っている弥美《やみ》と、姿は見えないが気配だけ感じるお江《ごう》、聞かれても問題ない。

「いや、基本的にはこういった推進装置を積んだ船が主流になるよ。石炭と同じように燃える石油から作られた重油や、やはり地中に気体として眠っているガスを燃やした機関が動力となって進む。でも、そう言った地中に埋蔵されている燃料は無限ではないからね。俺が居た頃にはその節約の為《ため》にもこういった推進装置と帆を併せ持った船が見直されて新たに開発されて試されていたよ」

「へ～……」

お初はそれを頭の中で整理するのにしばらく腕を組んで考えていた。

コックラコックラと芝居を続けている弥美は薄目をチラチラこちらにさせながら聞いていた。

二人は古い物が見直されて最新技術になっていく。

その過程を必死に想像しているようだった。

機帆船と呼ばれるスクリュー式推進装置と帆と言う風を受け進む両方持つ技術は平成で見直され燃料の節約にテスト導入されているのを目にした。

空母など軍船では核燃料が採用されていたが民間船に核燃料はハードルが高い。

扱いやすく安全な超小型原子炉が開発され、それを動力とする船が誕生する未来もありそうだ。

人間が想像出来ることは全て現実化されると言うから、その位のことは夢物語ではないと思う。

俺が育った時間線での機帆船だが、燃料高騰で節約と帆をコンピューターで操る技術開発が進んだ事が後押しをしていると目にした。

船はいつになっても発展し続ける乗り物だ。

AI技術が進めば風・波・天候・荷重など計算して船を自動で動かすのだろう。

水の星・地球に於《お》いて船はいつまでも変わらない移動手段・輸送手段で進化し続けるものだと思う。

そんな事を大海原を見ながら想像する日々が過ぎ無補給1週間で目的のオーストラリア大陸が見えてきた。

さらに船を進め俺のオーストラリア大陸本拠地ケアンズ城に寄港する。

ちなみに今回の旅に同行する嫁は多い。

お初、桜子《さくらこ》、梅子《うめこ》、小滝《こたき》、ララ、いつものメンバーの他にも、お江と弥美が同行する。

俺の護衛だったお初が紅常陸隊《くれないひたちたい》を率いて戦場に出る一大将になったため、護衛としてお江と弥美が茶々《ちゃちゃ》によってメンバーに入れられた。

お江は喜んでいたが、弥美はめんどくさそうな顔をしていた。

だが、その弥美、鎖鎌の使い手でお初が苦戦する手合わせをするほどだ。

「めんどくさいですぅぅぅぅ」

「そんな事言っていると海に突き落とすわよ！」

「常陸様ぁ～お初様がぁ～恐《こわ》いぃ～」

「まぁ～いつもの事だから、弥美は俺より桜子が一人にならないよういつも一緒にいてやってくれ」

「きゃはっ、桜子様ぁ～優しい～好きぃ～いえ～い」

「えっ？　私に護衛ですか？」

「桜子はほら武術あまり習得していないでしょ？」

「武術は確かにでも、この懐に入れられる短筒をいつも持っているので」

そう言って30センチほどのリボルバー式拳銃を懐から出した。

リボルバー式銃は長い歩兵銃タイプから携帯タイプが試作され、紅常陸隊を中心に護身用に配備され始めている。

坂本龍《さかもとりょう》馬《ま》が使用した拳銃だと言えば想像出来るだろうか？　あれとほぼ瓜二《うりふた》つのシンプルな拳銃だ。

その一丁を桜子が持っていた。

「私が渡したのよ。手ほどきもしたから桜子は自分の身くらい守れるわよ。弾も流線型だけじゃなく散弾型も渡してあるから兎に角敵に向けて撃てば当たるわよ。同じ物をファナと鶴美《つるみ》とトゥルックにも送ったと姉上様が言っていたわよ」

お初が胸を張って言う。

「おっ、おうそうか、お初がそう言うなら、小滝の護衛を……」

言葉を続けようとすると小滝はニンマリと微笑《ほほえ》みながら懐の吹き矢をチラリと見せた。

「あっ、うん。わかった、弥美もお江と交代で俺の護衛で」

小滝の吹き矢は何を塗っているかわからない。

茨城城でつかの間の休息時に小糸《こいと》との実験を覗《のぞ》くと即効性のある毒薬も開発していた。

小滝が携帯している小太刀にも塗られているらしい。

かすり傷で致死量になる薬だとあとからお江に教えてもらった。

茨城城で薬の調合をしている二人を覗いたとき、

「姉様、インカから持ち帰った薬草を混ぜたらよくきくでした」

「これなんか、でれすけが自白剤って呼んでる薬に加えたらさらに効果があがったわよ。異国の植物もっと持って帰って来なさいよ」

「はいでした」

そんな会話を姉妹はしていた。

怪しい薬を調合し続ける姉妹、今、小滝が持っている吹き矢には何が仕込まれているのやら……。

そんな事を思い出し間を置いて弥美を見るといつの間にやら俺の膝を枕にしてスヤスヤと寝ていた。

お江が悔しそうな顔をしていた。

頼むから甘えん坊キャラを張り合ってくれるなよ、お江。

オーストラリアでは石炭や水・食料の補給をするのと、日本からの移住開拓民とアボリジニが問題ない生活をしているか見聞する。

現在オーストラリア大陸は前田《まえだ》慶次《けいじ》家臣が奉行となり統治している。

アボリジニから地下資源を買い、また労働力として人を雇う。

こちらからはその見返りに穀物などの農産品や、鉄の農具や武器、反物、萌《もえ》陶器を売る。

そのサイクルは順調に機能していた。

それだけではなく、農耕技術提供・住居建築技術の提供をし、持ちつ持たれつの関係を築いている。

帳面状なんら問題なく、さらに言えば城内でもアボリジニが事務仕事をしているくらいに成長していた。

「大将、心配するなって俺の家臣が大将の命に背くなんてねぇからよ。学校や食堂だってちゃんと運営してるぜ」

前田慶次は胸を張って言うが念の為、慶次と共にお忍びでうちが経営している食堂に行く。

店は増築され、以前来た時より一回り大きくなっていた。

店内は繁盛していて奥のテーブル席が丁度空いたところだった。

壁につり下がっているメニューが書かれた板、何枚か『売り切れ』と裏返されていた。

あのメニューは何だったのだろうか？　気になる。

慶次が適当に酒とおつまみを注文してくれ、運ばれてきた酒を飲みながら様子を窺《うかが》っているが、確かに働くアボリジニの娘達を見下した態度をしている男共はおらず、顔なじみの客として仲良く接していた。

出されたカンガルー肉とワニ肉のさっぱりとした唐揚げを食べながら、前田慶次が注いでくる酒をちびりちびりと飲む。

「ここにもまだ小さいが学校を造ったからな。彼女らも黒坂《くろさか》学校の生徒、そんなのに手を出したらどうなるかなんてみんな心得ているさ」

詳しく聞けば、オーストラリア大陸に造られた常陸国黒坂家立ケアンズ女子学校は前田慶次家臣の嫁達《たち》が先生となっている。

その彼女達は元茨城城学校卒業生だそうだ。彼女達が指導している学校の生徒に無礼なことをすればどうなるか？

彼女達は直接茶々やお初《はつ》などに巷《ちまた》のことを報告する仕事を持たされている。

簡単に言えば密告をするパイプを持っている。

もし婦女子への無礼が明るみに出ると黒坂家では厳しい罰が与えられる。

それは先住民への無礼も同様だ。

それをよくよく心得ているそうだ。

そして今は山形藩主となった最上義康《もがみよしやす》の嫁はアボリジニの中でも尊敬されている族長の娘で、その繋がりは今も生かされていると聞かされた。

黒坂家元重臣で今は山形藩の藩主、そのつながりは大きい。

「そうか、上手《うま》くやれているなら良いんだ」

「人を人として扱わない、そんな奴《やつ》は黒坂家にはいないってことよ。さぁ～飲んだ飲んだ」

「やめろ、慶次のペースで酒は飲めないの」

「ぬはははははっ、ペースって確か速さとかそんな意味の言葉だったよな。大将、悪い悪いついな。酒は自分のペーすでだな」

そう言って慶次は手酌でグビグビと飲んでいたが、

「そこのおねぇちゃん、すまねぇが杯が小さくて飲みにくい。大杯を持ってきてくれ」

「ハ～イ」

運ばれてきた顔が隠れるサイズの杯に酒を注いで飲む慶次、あまりにも飲みっぷりが良いものだから慶次はすぐに身バレしてちょっとした騒ぎになる。

「おっ！　前田の大将や」

「大将、我らと酒飲み競いしましょぜ」

「前田の大将と一緒の方もどうです？」

俺が肩を摑《つか》まれて焦ると、

「さぁさぁ、私が相手になりますわよ」

派手な着物に身を包んだ美熟女がその手を払ってくれた。

すると、その美熟女が連れていた女性達が三味線や琵琶《びわ》、ギターの原型みたいな南蛮伝来の楽器を奏で酒をあおるようなおはやしをする。

「大殿、今のうちに」

美熟女が耳打ちして、手を引かれて裏口から外に出ると、店の外で警護をしている前田慶次配下の忍者が待っていた。

「さぁさぁ、あとはあの歌舞伎者に任せて大殿はお帰りを」

美熟女がにこやかに言う。

「んと、君は慶次の家臣？」

「名乗り遅れました。前田慶次側室、巷では出雲阿国《いずものおくに》と呼ばれている者です。ご安心下さい」

「出雲阿国、キタ――――――！」

「ふふふふっ、不思議なお方、慶次様が言ってましたがきっと私が名乗るとそう言う風に反応するだろうと、だが気にするなと。無粋な詮索は致しません」

「うっ、うん……」

「またお目にかかることもあるかと。顔覚えていて下さいね。さっ、人が集まり出す前に早く城へ」

腰を押される合図で建物の屋根を見るとお江《ごう》が手招きをしていた。

早くこっちへと言っている合図。

俺は急いで城に帰った。

店にはオーストラリア大陸に在住しているうちの家臣が大勢集まり、前田慶次は囲まれて朝まで飲み明かすことになったという。

「真琴様《まこと》！　女の匂いがしますよ」

城に帰るとお初の第一声、

「そりゃ～飲み屋に行っていたから」

「抱いてないでしょうね？」

「してないから！　お江が見てたよ、なぁ～」

すると、天井から、

「うん見てた、普通にマコ飲んでるだけだったよ」

「そう、なら良いのですが」

お初、浮気に敏感になりすぎている気がする。

◇◆◇◆◇

《お初とお江》
「姉上様、マコのこと疑いすぎ～」
「良いですか、真琴様はもう一武将ではありません。自覚はないようですが、国の王と同じ。身分を知れば抱かれようとする女子《おなご》は多く居ます。一度でも抱かれた事実を作れば他の男との子を生《な》したとしても御落胤《ごらくいん》と称して黒坂家に入ろうとする者が出てくるではないですか？」

「ん～大丈夫、うちの配下も見てるから、言い寄る女なんてみんなこれで眠らせちゃうよ」

そう言ってお初に吹き矢を見せるお江、

「小滝《こたき》特性眠り薬ですか？　まぁ～漆黒常陸隊《しっこくひたちたい》の働きに期待しますが……」

お初の心配はしばらく続くことになる。

◇◆◇◆◇

俺は次の日は公式にオーストラリア大陸見回りをした。

酒臭い前田慶次の案内で。

ケアンズ城の外では田畑が作られ日本人とアボリジニが農作業をしていた。

川沿いを少し進むと牧場が造られており馬に牛や豚、羊、山羊《やぎ》など人が管理出来る動物たちを増やす牧畜改革導入も進んでいた。

馬は移動手段、牛は農地開墾に大いに役立つ。

豚や羊、山羊は干し肉や塩漬け肉、味噌漬け肉《みそづけにく》など日持ちするようにして輸出出来れば日本だけでなく世界の食糧事情は変わるはずだ。

勿論《もちろん》、カンガルーやダチョウなどオーストラリア大陸固有種の人工牧畜も試されている。

オーストラリアの広大な土地を活用して世界のみんなが一日三食食べられるようにする。俺の構想の一つだ。

日本だけでなく世界の歴史に介入してしまったのだから。

「ニュージーランドってとこは叔父きの家臣が同じように農耕畜産改革してるって松《まつ》から手紙が届いてるから安心して良いと思うぜ」

「松様の言葉なら信頼出来るか」

「なんか、人より羊の数の方が多くて毛刈りが大変だとかなんとかかんとか家臣が愚痴ってるとか」

「ははははっ、それは頑張ってもらうしかないな」

羊の毛刈り、当然電動バリカンがないため、大きなはさみで完全手作業だ。

結構な重労働、だが羊の毛、これから訪れる寒冷期『マウンダー極小期』に向けて必要な品物、生産は盛んにしないと。

「オーストラリア大陸でも負けないくらい羊を」

「おっ、おう、わかった。わかりましたぜ。家臣にはそう伝えておく」

一回りケアンズ城近くの巡察を終えて、改めてアボリジニもこの世界線では日本の民、それを忘れることなきよう、虐げる、差別する事なきようここを守る家臣達を城に集め厳命した。

アボリジニを差別するようなら、俺もイスパニア帝国のフィリッペ達と変わらなくなってしまう。

そのような事はのぞまないこと。

共に繁栄していくのを強く希望する。

ケアンズ城では視察と船員の休息を兼ねて3泊した。

アボリジニの民を集めた夕飯で、たこ焼きパーティーをしながら話を聞くが、大きな不満は出なかった。

それはアボリジニの聖地に土足で踏み込むような事はするなと厳命してあるからだった。

アボリジニの村長から俺ならエアーズロックに案内しても良いと言われたが、今回は時間はないので丁重にお断りした。

なんでも生活を豊かにした俺は、洞窟に描かれているウォンジナと同等の存在になっているらしく、聖地に立ち入ることはなんら問題ないと言う。

エアーズロック、興味はあるが先を急ぐ旅、陸地に何日も入るのは目標が達成してからで良いだろう。

そんなオーストラリア大陸で一時を過ごし、一路インド洋を目指す。

今回はパナマ陸路は流石《さすが》に使わないと言うより使えない。

蒸気機関を積んだことで巨船になりすぎてしまったので、陸地を引っ張るのは不可能と判断したからだ。

道の拡張、重さに耐えられる台座の新調、時間がかかりすぎる。

そこでインド洋をへて喜望峰から大西洋に抜けるルートを選んだ。

「喜望峰へ向けてインド洋横断航行をする。大海原をただひたすら西に向かう船旅、しかしそれは何日も何日も海だけを見続ける道、不安になることもあるだろうがこの船なら、そして今まで散々航海をしてきた皆の腕なら大丈夫なはずと信じている。成し遂げられると信じている」

「真琴様は貴方《あなた》たちに命を預けると言っているのよ、その期待に応えなさい」

お初が俺の言葉のあとに家臣達を鼓舞するように言うと、家臣達は一斉に、

「「「おーーーーーーー！」」」

と叫びながら右手を掲げた。

「よし、では、出発！」

家臣達《たち》は俺の期待に応えようとインド洋を5日で走り抜ける快挙を成し遂げた。

颪と蒸気機関の合わせ技で脅威のスピードだった。

「あう～、むっ、陸と思われる所から微《かす》かに光がぁぁぁぁ！」

帆柱の上に作られた小さな見張り台で望遠鏡を使い監視している大洗《おおあらい》良美《らみ》が叫ぶ。

俺もそちらを見ると進むにつれ少しずつ日本式城造りの櫓《やぐら》の様な影が見えてくる。

「このままの方向で進め、ただしアームストロング砲に弾込め、いつでも撃てるようにせよ。美帆《みほ》、色付けした提灯《ちょうちん》を使い他の船にも合図してくれ」

昼間は手旗信号、夜は水府提灯を活用した明かり信号だ。

「はっ、わかりました」

「うぅぅぅ、眠いですぅ～」

護衛勤務番の弥美《やみ》が腕にしがみつきながら片手で目を擦《こす》っている。

「弥美、シャキッとして他の皆も起こして」

「はいぃ～」

俺はずっと先を黙って見続けた。

アフリカ大陸南の先端と思われる場所、見えてくるのは日本式城の影。

俺が建築改革で港城の天守最上階を灯台にした。

明らかに模したものだ。

太陽は水平線に消え何時間も過ぎている。もしこの最上階が光っている櫓がなかったら気が付かず通り過ぎていただろう。

朝日が照らすまで、その光を目標に向かい進んだ。

地図と計測を照らし合わせてほぼ間違いなく喜望峰だ。

フォールス湾に俺の家門の旗と、馬印、そして、織田《おだ》家の旗を見えるようにしながら侵入していくと、湾の真ん中に造られた港にはアフリカ大陸に似つかわしくない大きな城が建てられていた。

複合連結式層塔型天守、まるで長野県にある松本城のような形でシンプルな黒壁の天守がそびえ立っている。

黒壁は朝日が反射しているので鉄に漆が塗られた物だと想像される。

遠くから見えていたのは小高い岡《おか》の上に建てられた三階櫓だった。

短期間に占領から築城までしたのだから、正直感心する。

うちと同等の建築術を持つとなれば羽柴《はしば》家か？

警備に当たっていたのであろう南蛮型鉄甲船が近づいてくる。

この船の造りだけで味方なのがほぼ確定したが、金色の水牛のような角の脇立ての兜《かぶと》を被《かぶ》っている武将が船首で槍《やり》を持ち立っているのが見えた。

「我はこの地を預かる喜望峰城城代・福島正則《ふくしままさのり》なり、名を申されたし」

大きな大きな声が波音に負けずに届いた。

蒸気機関の音にも負けない声だ。

「我は右大臣黒坂常陸守《くろさかひたちのかみ》真琴である。守護のお役目御苦労、我が艦隊は接岸して補給と休息をいたしたい」

俺も負けずに腹に力を入れて叫ぶ。

「大変失礼致しました。こちらへどうぞ」

すぐに案内された。

「真琴様、念押しをしておきますが、挨拶は偉ぶって言ってください。あなた様はそれだけの地位にいるのですから腰が低いと下手に見られてしまいます。良いですね」

「うっ、うん頑張ってみる」

「マコ〜伯父上様の真似《まね》してみれば良いんだよ」

「そうは言ってもな、まぁ〜出来る限り偉ぶってはみるけど」

港の少し沖に船を停泊させ、積んである亀甲船に乗り換え、桟橋まで移動して喜望峰城に降り立つ。

「先ほどは大変失礼な言い回しご無礼をお許し下さい。改めまして、この地、この喜望峰城を預かる羽柴家家臣、福島市兵衛《いちべえ》正則と申します」

やはり羽柴家だった。

「ん、であるか。黒坂常陸だ見知り置け」

チラリとお初《はつ》に目をやると「うんうん」と頷《うなず》いていた。

内心、「福島正則、キターーーー」と叫びたいのをグッと堪《こら》えた。

後ろで様子を見ていた真田《さなだ》幸村《ゆきむら》が、

「先に高速輸送連絡船が石炭を運んで来ていると思うがそれを積み込みたい。それと水と食料をお願いいたす」

「はっ、はい。あの大量の石炭を船に乗せて何に使うのですか？　それにあの船はいったい」

「黒坂常陸の知識の詮索はしてはならない。そんな事を聞いたことはござらぬか？」

幸村が言う。

「右大臣家の秘密、大変失礼致しました」

福島正則はそう謝った。

「幸村、石炭の事は味方なら秘密ではないさ。福島正則、石炭はあの船を走らせるために必要な物なんだ。石炭を燃やして水車を回して水を掻《か》いて進む進化した船。これからは石炭が世界を制する為《ため》には必要だからな、アフリカ大陸にも石炭は眠っている。この地に住む者を雇い掘らせ、出た石炭を買うように手配をしてくれ、ここを掘ると良い」

俺はあらかじめアフリカ大陸の石炭が採掘出来る場所を陰陽力で占い、印を付けておいた。

その地図を渡す。

「はっ、かしこまりました。我が殿からもし右大臣様からの指示あらば従うよう命じられております。この福島市兵衛しかと引き受けさせていただきます」

「いいか、労力に見合った報酬を払えよ。先住民は我々より遅れた文明であろうと我々となんら変わらぬ人だ。奴隷のような扱いをするのは俺は許さぬ」

「はっ、わかっております。上様からも厳命されております。彼等《かれら》からは今は陸を走る大きな鳥や大きな大きな牛など食料を手に入れるのにすでに交流しております。石炭も同じように欲しいと頼んでみます。な〜に酒を毎晩のように酌み交わす仲、容易《たやす》きことでございます」

「頼んだぞ。これは日本の明暗を分ける大事業だからな」

「はっ。このような所ではなんですからどうぞ城に」

お初が柳生宗矩《やぎゅうむねのり》に視線を送るとコクリと頷いていた。

桟橋での挨拶の間に忍び家臣が警護と怪しいところがないか既に入ったようだ。

喜望峰城の中に案内されるので天守最上階に上ると眼下は大きな大きな水堀と土塁で囲まれた総構えの中に繁栄した町が広がる景色だった。

先住民も暮らしているようで言葉に偽りはないように見受けられた。

福島正則は先住民から仕入れたダチョウの丸焼きでもてなしてくれる。

ただやたら酒を勧めてくるのがウザい。

「さあさあ右大臣様どんどん酒を飲んでください。右大臣様が拡《ひろ》げた農業改革は羽柴家でも取り入れ、この地でも米は穫れるので試しに造った酒なのですが、これはこれでまた美味、さぁさぁ」

あとから見たが陸稲と呼ばれる畑で作られる米栽培を導入していた。

流石、羽柴秀吉《ひでよし》だ、これは見習わなければ。

治水を必要としない米栽培、日本では水田開発が進む前には行われていたと目にしたがそれを導入するなんてまさに農業改革だ。

その米で造られた酒をこれでもかと勧めてくる福島正則、

「うっうん、いただくから次から次に注ぐのやめて」

「いやいやいやいや、遠慮なさらずに、さぁ～グイッと」

アルハラ福島正則、酒は自分のペースで飲みたい。

「おいおい、うちの大将はそんなに飲まないから代わりに俺がとことん付き合ってやる」

そう言うと福島正則から酒瓶を取りラッパ飲みする慶次《けいじ》に負けじと福島正則も飲み始めた。

無理はしてくれるなよ。

福島正則の対応は前田《まえだ》慶次に任せよう。

宴席でアルハラをしてくる者の対応は黒坂家随一の酒飲みである前田慶次が一番だ。

俺は側室達とダチョウの丸焼きや、ダチョウの卵のオムレツを食べる。

少し緩い味の薄めのオムレツだ。

「ん～卵は普通に鶏が良いね、これは黄身の味が薄いよ～」

お江《ごう》の口には合わなかったみたいだ。

俺も同意する。

「ダチョウの肉は脂身が少なく、たんぱく質が豊富そうで健康に良さそうだがなんともなんとも」

「体に良い？　まさか美？」

お初が強い反応を示した。

「ん～美容というより筋肉を作るのに良質なんだよ。無駄な脂身ないし」

「なるほど、なら兵達にお勧めな肉と言うことですね？」

「そうだね、まぁ～たんぱく質は肉体を作る上でみんな必要だけど」

「マコ～でもさぁ～うちの兵達マコの料理好きだからこれは少し物足りないよ～」

「わかった、少し工夫してみよう」

「やった～楽しみ」

そこで次の日昼飯に、桜子《さくらこ》と梅子《うめこ》にダチョウの肉をミンチにして玉ねぎやパン粉、卵黄を混ぜてハンバーグにしてもらうと、さっぱりしたハンバーグが出来上がった。

野生の牛もちょっと俺には口に合わない硬い肉質だったので野菜を多く練り込んだハンバーグにしてしまう。

トマトソースで煮込むと美味《うま》い。

「マコと一緒に来ると美味《おい》しい物食べられる」

お江はケラケラしていたが、お初が、

「物見遊山の旅ではないのですよ」

叱っていた。

二十歳を過ぎた大人でも、いつまでも変わらぬ関係の姉妹が微笑《ほほえ》ましいが、

「喜望峰城付近は支配下というか日本国として未来永劫《みらいえいごう》統治したいから、食料改革は必要、遊びに見えて遊びではないのだぞ、お初。この地で捕れる物で栄養状態を良くしないとならないからな。補給基地となり休息地となる重要な場所」

「それはわかっていますよ、地図を見れば戦略上押さえたい地、こことオーストラリアを抑えればインド洋と書かれた海は東西から日本が睨《にら》みを利かせられますが、お江の態度は……」

「ここに住む皆が美味しいの食べられるようになるのが一番ですよ～姉上様」

「確かにそうではあるのですがあなたの食い意地少しは抑えなさい」

お初に注意されたお江は頬を一度膨らませてふてくされた顔を見せたがその後は黙ってハンバーグを食べていた。

「桜子、梅子、喜望峰城の料理方に伝授を頼むよ」

「はい、御主人様」

食べやすいハンバーグを喜望峰城の料理方に伝授する。

福島正則はと言うと、前田慶次と意気投合してライオン狩りに出て行ってしまう。

ライオン……。

なんか食べたくはない。

結果、ライオンではなくキリンを狩ってきた。

群れで襲ってくるライオンを長い足の強烈な蹴りで追い払うほど強いキリン、鉄砲や弓矢など飛び道具で仕留めたのかと思いきや、二人で槍だけを使い仕留めたと自慢していた。

鍋にされたキリンはやはり見た目通り脂身がなくさっぱりとしている。

馬に似ている感じはするが、あまり美味しい物ではない。

ん〜、牛とダチョウだけで良い気がするが偏った乱獲を防止するために制限はさせないでおくか、ってそう言えば！

「あっ！　マダガスカル島が近い！　もしかして、あいついるかな？　ドードーと鳴く鳥がマダガスカル島にいると思うのだけど、こっちでは、手に入らないかな？　確かまだ間に合うはず！」

　福島正則に聞くと、

「あ～知っております。あのマヌケな捕まえやすい大型の海鳥でございますね右大臣様が言っている鳥は？　食べたいのでございますか？　あまり美味しくない肉でございますが警戒心がなくすぐに捕まえられてしまって、マダガスカル島に作られた砦《とりで》に住む兵の子供共が食べると言うより狩りの練習と称して捕まえて、あっ、勿論《もちろん》無駄な殺傷は禁じていますから捕らえた鳥は逃がしております。本当にあの鳥は阿呆《あほう》なのか次の日にまた捕まえられている鳥で」

『ドードー』、警戒心ゼロ、阿呆すぎて大航海時代捕まえられまくって絶滅したと言われる鳥。

「食べたいわけじゃなく逆に保護して欲しいんだよね。あの鳥や亀とか絶滅するほどの乱獲しないで欲しいんだよ」

「保護？」

「まぁ～むやみやたらに絶滅するほど捕るなって事」

「ぬはははは、絶滅するほど取る馬鹿がどこにいるのですか？　普通、山に入ったら山菜だって次の年のために残すのが常識、全部採ってしまえば次の年は生えてきませんからね、なかのかか様によう教え込まれました」

「なかのかか様？　あ～秀吉殿の母上様かぁ～懐かしいなぁ。それよりそんな馬鹿がいるんだよ。俺達《たち》が敵にしている国がそうなんだよ」

「南蛮人共は馬鹿なので御座いましょうか？」

「馬鹿なのかと聞かれると困るが、そう言う価値観がないんだよ。独自の正義感、兎《と》に角《かく》取れる物はみな取ってしまう。土地、金銀財宝だけじゃなく生き物までね。価値観を押し付けて世界の富を我が物としようとしている。だから、それを止めるのがこの長い戦でもあるわけだ」

「なるほど、だからこそ切り取る領地は最小限と言うわけですか？」

「不満はあるだろうがそこは飲んでもらわねば俺達だって略奪者になるだけだからな」

「私は領民が富む政策をしている右大臣様のやり方は間違ってはいないと思います。農家の出である我が殿、秀吉様も農民が富むならと働いておりますから」

羽柴《はしば》秀吉、まだ少し苦手だが意外に良い奴《やつ》だ。

明智《あけち》光秀《みつひで》と組んでいるのでは？　と一時期思った事もあるが、今となっては申し訳ない気がする。

栄養状態が良くうちの小糸《こいと》小滝《こたき》姉妹が作る何を混ぜ合わせているのかわからない臭い精力剤で生き生きしている羽柴秀吉にはまだまだ頑張って貰《もら》わねば、そして福島正則《ふくしままさのり》、アルハラは困るがどうやら子供の頃、羽柴秀吉の母親とともに山など入ったり田畑の仕事を手伝わされたりしていた経験がある様で、その経験から俺が言っていることを素直に理解してくれ助かる。

猛将として伝え聞いていたが武だけでなく政《まつりごと》も優秀そうだ。

羽柴秀吉の母親なか様元気かなぁ～……。

「お～そうだ、常陸《ひたち》の国では異国の生き物を集めているとなかのかか様から聞いておりますぞ、そのドードーもお飼いになられますか？」

「あ～うん10羽ほどつがいで送ってくれると助かる」

「手配致しましょう」

福島正則は家臣に命じてドードーを俺の手紙とともに茨城城に送ってくれた。

◇◆◇◆◇

《数週間後の茨城城》

「母上様、また父上様から変な生き物が」

「どれどれ、『警戒心がまったくない阿呆の鳥、ドードーだ、他の動物に食べられないよう注意して飼って増やしてくれ』。はあ？　これだけ？　だから、飼い方やら餌やらをちゃんと書いて下さいよ真琴《まこと》様！」

茶々《ちゃちゃ》は短い内容のない真琴の手紙に憤慨していた。

だが、それは真琴が何事もなく航海し生きている事の証明で実は嬉《うれ》しい茶々。

茨城城に届いたドードーは大切に本丸御殿の庭で飼われることになった。

何食わぬ顔して大きな鳥がドードーと鳴いているものだから堂々とした鳥、『堂々鳥』といつしか呼ばれるようになる。

史実では乱獲と森林開発で1681年に絶滅したと言われる鳥、しかしこの世界線では黒坂《くろさか》真琴が気に入っている堂々とした鳥『堂々鳥』として保護され、未来まで生息する鳥になる。

また、オーストラリア大陸占領にあたり各大名に渡された指南書を守っている羽柴家、マダガスカル島にもそれを導入して、人間の手から離れるとその数を抑えるのが難しくなるような生き物、犬、猫、ネズミ、兎《うさぎ》などを島に入れることを厳しく制限し、これにより多くのマダガスカル島固有種が絶滅を免れるようになることはタイムパラドックスの陰に隠れてしまい誰も気が付かなかった。

◇　◆　◇　◆　◇

喜望峰城で休息をしていると、突如、

カーン！　カーン！　カーン！　カーン！　カーン！　カーン！　カーン！　カーン！

櫓《やぐら》から鐘の音が連打で鳴り響き、続いて法螺貝《ほらがい》を吹く音が緊急事態を知らせた。

城中に緊張が走り慌ただしくなる。

外を覗《のぞ》くと、

「敵戦艦来襲、敵戦艦来襲」

物見櫓からの声に素早い対応をしている真田幸村《さなだゆきむら》。

「乗船命令、臨戦態勢に入れ。アームストロング砲を撃てるようにすぐに準備、急げ」

俺が指示するより早く家臣達に命じていた。

「はっ、かしこまりました」

次々に乗船して敵を迎え撃つ準備をする家臣達にあっけに取られていると、

「ほら、船に乗るんでしょ？　甲冑《かっちゅう》ちゃんと着て」

甲冑を既に着ているお初《はつ》が俺のを持ってきてくれ、嫁達総出で着用させられた。

喜望峰を落とし大西洋ルートで俺を助けに来た織田信長《おだのぶなが》の件があったため大西洋の制海権を手中にしているものとばかり思っていたがそうではないのか？

俺が甲冑を装着している間に艦隊は準備が整う。

「大殿、船の準備、整いましてございます。真田様が出撃の許しをと申されていますが」

兵士が伝令に走ってきた。

「いや、俺も敵を間近で見たいので乗船する。すぐ行くからいつでも出撃出来るようにしといてくれと先に行って伝えてくれ」

「はっ」

港に向かうと先に福島正則の帆船式南蛮型鉄甲船が3隻出撃していた。

急いで乗船して艦橋から望遠鏡で敵戦艦を観察すると遠目で見てわかるくらいに船体が太陽の光を反射させていた。

遠目でガレオン船に鉄が貼られているように見える。

「こっちが鉄甲船なら向こうも鉄甲船を造り上げてきたか」

「その様ね、私にも鉄貼りの船に見えるわ」

望遠鏡で見ていたお初が言う。

敵もこちらの真似《まね》をして乗船技術を進めたのだろう。

高山右近《たかやまうこん》が教えている可能性もあるか。

鉄甲船、むやみやたらに南蛮船に鉄を貼れば完成ではない。

バランスを取る技術が必要、最初にそれを完成させられたのは織田信長のお抱え大工、日本総天主棟梁《とうりよう》の称号を与えられた岡部又右衛門《おかべまたえもん》の工夫があってこそ完成した。

その工夫を高山右近は盗んだのか？　相手が造ってしまったのだからもうどうしようもないだろうが、その5隻が進んでくる。

しかし、船体の脇にしか大砲を積んでいないであろう相手は撃ってこない。

東住美帆《とうずみみほ》が、

「船首主砲射程距離に入りました」

大きく叫んだ。

こちらは360度全てに対応出来るようにアームストロング砲が搭載されている。

「この戦いの指揮を真田幸村に任せる」

「はっ、承りました。ならば、慎重に狙って撃て、無駄玉は撃つな、相手は横向にならなければ撃てないはず。時はある、慌てるな」

艦長の真田幸村が指示を出す。

風や波など関係ない俺の艦隊は福島正則艦隊を抜き去り敵に近づくと相手は旋回を始めた。

なるほど、俺の戦術を真似たか？　だが、
相手が旋回している所に向かって俺の艦隊の容赦ない大口径アームストロング砲が真田幸村の合図で火を噴く。

「撃てぇーー！」

アームストロング砲を操る紅常陸隊の腕は完璧だった。

旋回中の相手の進行先を的確に狙い、敵戦艦に命中させる。

敵戦艦は大口径アームストロング砲の命中で大爆発を起こした。

「味方の弾が命中したと思われます」

「よし、このまま近づく次弾装塡急げ」

真田幸村が的確に指示している。

沈みゆく敵戦艦に近づくと、

「御大将、海に逃げ出した敵兵が見えますが殲滅《せんめつ》いたしますか？」

「いや殲滅は出来るだけ控えよう。これより秘密保持の為《ため》に生き残った敵兵士を捕縛とする。リボルバー式歩兵銃を持つ者は狙いを定め合図をするまで待て。剣、棒術に長《た》けた者達は亀甲船に乗り、敵兵を捕縛とする急げ」

不安げに見ていたお初は、

「成長したわね、真琴様。幸村、今の真琴様の指示通りに致しなさい。お江《ごう》、亀甲船に乗り刃向かう者あらば切り捨てなさい」

「うん、わかった」

「弥美《やみ》、鎖いつでも使えるようにってここで分銅を回し始めるのはやめなさい！　近づいてきた敵は私が打ちのめすからそれを鎖で身動きを取れなくすればいいから」

「きゃはは、はぁ～いぃ」

これから起こるであろう大戦の前に蒸気機関船を秘密にしておきたく殲滅したいが、捕縛し隔離、労働力とするのが良いだろう。

あくまでも奴隷ではない。

大戦が終わればいずれは国に帰す。

それまでは労働者として開拓に従事してもらう。

ララの語学教育を受けている兵達はポルトガル語で海に浮かぶ敵兵に、

『大人しく捕まるなら命だけは助けてあげます』

声をかけながら一人一人船に摑《つか》み上げていた。

勿論《もちろん》、船を奪おうと突如襲ってきた者は出たそうだが、お江が無音で首を斬り落とすと、それ以上の争いは起きなかったそうだ。

後から聞いたが、敵の首を斬り落として平然と笑っているお江の目に畏怖したらしい。

そうして約2時間後には海は静かに戻った。

喜望峰城に戻り福島正則から情報を整理して聞くと、アフリカ大陸の西側に南蛮連合軍は港城をいくつか築き、大西洋の制海権を奪われないように抵抗しているとの事だった。

時に偵察のためか？　敵戦艦が来るが軽い小競り合いで逃げていくとの事だった。

「敵に追いつけなくいつも歯がゆい思いをしていたのですが、右大臣様の船の速さ、素晴らしい」

「今も日本国では造り続けている。いずれは羽柴《はしば》家にも引き渡すから待っていてくれ。それより捕縛した敵兵は怪我《けが》の治療後、開墾作業に従事させてくれ。くれぐれも犬猫のように扱うことなきようにしてくれ。捕まえた敵兵の扱い方の手本となるようにな」

「はっ、この福島正則、引き受けましてございます」

捕虜の扱い方の国際条約などまだ存在しない世界、その法整備も今後は考えていかないとならないだろう。

多くの国々と同盟を結ぶ日本、いや、俺の役目なはずだ。

未来にはそう言う法が存在するのを知っている俺だからこそ作れる。

それは落ち着いてから考えよう。

カリブ海の織田信長艦隊本体の情勢はいまいちわからないと謝られた。

仕方がない。

さて、アメリカ大陸に向かって進むか、アフリカ大陸大西洋沿岸を北上するか悩みどころだ。

久々に陰陽の力を使って神様に導いてもらうか、

「祓《はら》いたまへ守りたまへ清めたまへ幸あたへたまへ我の願い叶《かな》えたまへ、我の行き先を示したまへ、えいっ」

広い広い大西洋とその沿岸地域を描いた地図に陰陽の力を込めて碁石を落とすと平成では西インド諸島と呼ばれていた海域に一度落ちたが、おはじきゲームをやっているかのように碁石は弾《はじ》き飛ばされ、地図の外側に行ってしまった。

バミューダ海域は避けろと言うお告げかな？？？

しばらく腕組みをして考えていると、

「真琴様、今、大丈夫？」

「ん？　占いは済んだから大丈夫だよ」

お初がメモを渡して来た。

「先を偵察していた船からよ」

「ありがとう」

それは先行していた高速輸送連絡船からの連絡で、織田信長はカリブ海を制し、フロリダ半島に城を築き始めているが、南蛮連合軍との攻防戦になっていると書かれていた。

だったら、目指すはフロリダ半島だ。

フロリダ半島を攻めている間、地中海付近の守備は手薄なはずだがフロリダ半島が落とされ織田信長にもしもの事があったら大変だ。

福島正則《ふくしままさのり》が情報を摑めていないと言うことは補給確保出来ているかが怪しい。

弾が尽きれば戦いは不利、フロリダ半島にいるはずの織田信長水軍との合流を一番と考える。

「お初、皆に号令を！　目指すはこのフロリダ半島、最短距離で目指す。信長様と合流を急ぐ」

「わかったわ」

「幸村、目指すはフロリダ半島、船の舵《かじ》しっかり頼む」

「はっ、心得ましてございます」

喜望峰を出て大西洋を西北上する。

7日目にして急に風が一方向に定まらず吹き荒れ出す。

「風が複雑だ、帆は畳め！」

真田幸村《さなだゆきむら》が指示を出し、蒸気機関だけで進もうとすると、

「舵が波に取られています！」

舵を持つ兵士が慌てふためく。

インド洋大航海を成し遂げた兵達《たち》なのに、今の風と波が複雑すぎてどうしようかと迷っている。

指示を出したいが俺は鳥肌になり嫌な気を感じる。

噂《うわさ》の海域に到達したか。

背筋がぞわぞわとする。

ひさびさに感じる魔の感覚。

艦橋指示室で地図を確認する。

「真琴《まこと》様、大丈夫？　顔色が優れないわよ」

「あぁ、大丈夫。それより今どの辺りだ？」

「この辺りかと思われるでありますですぅ」

計測を続けていた大洗《おおあらい》良美《らみ》が鉛筆で丸を書いた。

「やはりバミューダ諸島の近くまで来たか……」

「ぽえ？　何かあるんですか？」

大洗黒江《くろえ》が大きな目をさらに大きくしながら不思議そうに言う。

「魔のバミューダ海域、俺の陰陽の力で神がそうお告げをしている」

「ぽえ～……」

神力は未来の知識の言い換えだ。

この海域は都市伝説だけでなく、映画『白い嵐』で話題になった場所。

「この海域には未知なる危険がある。艦船を付かず離れずお互い見える距離を保つよう指示を出せ幸村」

「はっ、すぐに手旗で他の船に」

「風、雨、嵐、波、いかなる異変があるかわからぬ。臨戦態勢で進軍せよと伝えよ」

「はっ」

指示を出すと船員達に陰陽師としての俺の言葉に緊張が走る。

しばらく進むと、晴天なのに急に雨が降り出してきた。

「鐘を鳴らせ、最重要警戒態勢に入れ」

雨は降るが青空が見えている。

それなのに雷が鳴り出した。

「ひえっ雷恐《こわ》いですぅぅぅ」

「苦手なものは仕方ないわ、良美は部屋に戻り休んでなさい」

お初《はつ》が言うと、

「黒江も苦手なんです～」

「あなたは嘘《うそ》でしょ！　しっかり見張りに立ちなさい」

「ぽえ～」

「もう、いざというときには掃除屋と名をあげたいくらいの働きをする腕を持つのに黒江は……」

お初がぶつくさと一人言で文句を言っていた。

「マコ～大変、羅針盤がくるくる回り出してるよ」

「魔の力か！」

間髪を入れずに波も荒くなり雨も上からも横からも吹き付けるように降り出した。

まさに白い嵐。

ホワイトアウトと表現したくなる視界だ。

密接している陣形のはずなのに隣の船が見えない。

「これが魔のバミューダ海域の噂に名高き白い嵐か、魔が住んでいるな。いや、魔の巣窟か、皆、海に投げ出されるなよ。しっかり体を固定しろ。祓いたまへ清めたまへ守りたまへ幸あたえたまへ」

柏手《かしわで》を二回打つ、そして俺は濡《ぬ》れることをためらわず甲板に立つ。

「祓いたまへ、清めたまへ、護《まも》りたまへ、鹿島におわします武甕槌《たけみかづちの》大神《おおかみ》の名で魔の力を封じたまへ、鹿島神道流陰陽道妖魔封滅浄化邪気退散」

懐に忍ばせていた人形になっている護符を大量に風に乗せて飛ばした。

紙を普通風に乗せて飛ばせば一方向に飛んでいくはずなのに、あっちこっちに散らばって飛んで行く。

上が海なのか下が雨なのかわからない世界を鎮めるべく飛ばした護符、

「くそ、これでも治まらぬとは……ならば」

愛刀の童子《どうじ》切安綱《ぎりやすつな》を抜刀し高々と空に向ける。

「武甕槌大神よ我に光を与えたまへ、進む場所を照らしたまへ、魔を払い除《よ》ける力を我に貸し与えたまへ」

唱えながらひたすら空を斬る。

「えいっ！　えいっ！　えいっ！」

この艦隊を海に引きずり込もうとする魔の力を弱めるべく神力を込め空を斬る。

すると黒い大きな人影が甲板に立つのが見えた。

「貴様がここに住みし魔か！　この黒坂《くろさか》真琴が退治してくれる。鹿島神道流一之太刀雷神」

一度納刀して一足飛びにその方向に、抜刀術を放つ。

……コヤツ……ワレガミエテイルノカ……

一声微《かす》かに聞こえたと思うと、雷が刀に向かって落ちるが甲冑《かっちゅう》の外側を通って電気は甲板に流れていく、

「武甕槌の大神よ、我に力を貸しあたえたまへ！　奥の一之太刀滅殺風神乱切り！」

見えない魔を退治するときに放つ特別技、空を神力を込めた刀でひたすら乱切りする技。

他から見れば我武者羅に空を斬っているように見え乱心したかのように見えてしまう技。

「マコ……」

「真琴様は見えない敵を斬ろうとしているのよ」

「姉上様、私だってそのくらいわかってるから」

「弥美《やみ》、もし真琴様が海に投げ出されそうになったらその鎖で捕らえなさい」

「任せて下さいぃ〜」

3人の声が背に聞こえた。

と、思った時、童子切安綱《どうじぎりやすつな》が青く光り輝く。

『ふむ、今日は貸すべきか、我の力を存分に使い魔を滅ぼせ黒坂真琴！』

全身が急に熱くなるのを感じた。

甲冑に付いていた水滴が湯気に変わるくらいに熱くなる。

「御力《おちから》　確かに受け取りました。妖魔封滅浄化邪気退散」

一気に黒い影を感じた場所に向かって袈裟《けさ》斬りに大きく振る。

「武甕槌の大神よ力を！　えいやーーー」

青い光は空を斬った瞬間その方向に飛んでいくと今までの嵐は嘘のように収まり静かな海に一瞬にして変わった。

見えなかった隣の船がすぐ近くにいたのがわかる。

後ろから様子を見ていたお初が走り寄ってきて抱き締められた。

「無茶をして、うわっ熱っ、なにこれ？　今まで雨と波に打たれていたのに？」

「ははははは、まぁ、魔を退治するのに使った神力が甲冑を熱くさせたのかな？　まぁ～これは無茶した訳じゃないから。俺の本来の役目だからな妖魔退治は」

俺は陰陽師だ。

魔を退治するのが俺本来の役目。

「その妖魔は退治出来たの？」

「いや、逃げられた」

「そう……。でも静かな海に戻ったわ。お江《ごう》、兵達の点呼を急いで行いなさい、投げ出された者がいないか急いで確認よ」

お初は人数確認の指示を出し次に怪我人《けがにん》治療の指示をしていた。

今戦った相手、バミューダ海域の悪魔を俺は追い払う事が出来たが封じる事は出来なかった。

バミューダ海域の悪魔は俺には強大過ぎる相手だ。

自分達を襲う海に引きずり込もうとする悪魔を祓《はら》い退けるのが精一杯だった。

この海域には何が住んでいるのだろうか？

俺には到底測りきれる物ではない。

今後の航海の安全をただ祈るのみ。

幸いにして俺の艦隊、船員達は海に投げ出された者はおらず怪我人も軽傷だった。

その報告を受けた後、俺は改めて祝詞を唱え海に清めの酒を流した。

「真琴様、ここには妖魔が？」

「わからない、ただ言えることは俺の力ではどうすることも出来ないなにかがいる」

「武甕槌大神様の力を借りて退治出来ないなんて……」

「異国の神の力を借りれば退治出来るかも知れないけど確実とは言いがたいかな」

「修行する？」

「いや、今はそんな時間はないさ、うちが使っている航海地図にここの海域は要注意とするして出来る限り避けよう」

俺は自分が描いている地図に妖魔海域と記した。

この世界線の未来ではバミューダ海域の名より『妖魔海域』が一般的になることなど想像していなかった。

とある人物に出会うまでは……。

◇◆◇◆◇

「武甕槌大神、あなたは真琴にもっと協力するべきよ」

「五月蠅《うるさ》い、笠間に引っ込んでおれ」

「まぁ～冷たいこと、同じ常陸《ひたち》の国で奉《まつ》られていると言うのに」

「儂《わし》はあやつに成長をしてもらいたいだけだ。この魔がひしめく世界線を変えてもらう為《ため》に」

「やはり転移にあなたも一枚噛《か》んでいたのですね！」

「ええい、これ以上は何も話さん！」

「あっ、ちょっと……も～」

◇◆◇◆◇

白い嵐の騒ぎから3日間、嵐が嘘のような静かな航海だった。

あまりに静かすぎて逆に恐い、あの嵐ですでに異世界？　まさかそれはないだろうが、陸を目にするまでは不安が残っていた。

静かな海をひたすら西に進んで見えてきた陸地、北アメリカ大陸フロリダ半島のはずだ。

半島南の岬に織田《おだ》家の黄色布に織田木瓜《おだもっこう》の家紋と永楽通宝が描かれた旗が見えてくる。

それが大いに不安を消してくれた。

「はぁ～良かった……」

多数の丸太組みの櫓《やぐら》も見え始める。

日本式城郭の櫓を今建設している骨組みの物まで見えてきた。

続いて織田水軍の鉄甲船も見えた。

近づく前に空砲でこちらの存在を知らせるのと同時に敵意がないことを示すがそれだけでは不十分、俺の家紋抱き沢瀉《だきおもだか》の旗を多く揚げて俺・黒坂真琴《まこと》であることを知らせる。

織田水軍も俺と同じ射程距離を持つアームストロング砲を配備しているから空砲があまり意味を成していないことをよく知っている。

「美帆《みほ》に亀甲船で使いを命じて」

上陸するために敵と誤解されないように細心の注意を払おうとしていると、

「マコ～向こうから船が出て来たよ」

「不味《まず》い敵と思われれば容赦なく撃たれる、同士討ちは避けなければ」

「旗を振ってるから大丈夫なんじゃん？　ほら」

お江に望遠鏡を手渡されたので覗《のぞ》いてみると確かに、一際頭が尖《とが》った兜《かぶと》を被《かぶ》る武将が赤色布に金色で千成瓢箪《せんなりびょうたん》が描かれた旗を振っていた。

「あ〜羽柴《はしば》家の者か？」

一隻の鉄甲船が近づいてきた。

身長が高いのにそれをさらに大きく見せるかのごとく高い銀色長烏帽子兜《ながえぼし》、十文字の片側の刃が折れた大きな槍《やり》を持ち、船首にどっしりと構えた武将が、

「羽柴秀吉《ひでよし》が家臣・加藤清正《かとうきよまさ》でございます。あなた方の艦隊は右府様の艦隊とお見受けしたが間違いござらぬか？　敵とあらばこの加藤清正がお相手いたす」

大声で聞こえる。

俺が艦橋から甲板に出て、和紙で作らせたメガホンを使って、

「俺が黒坂常陸守《ひたちのかみ》である。上様にお目通り願いたい」

「これはこれは、右府様、こちらに付いてきてください」

と、案内された。

平成ではマイアミと言われる地の港について桟橋に降りると、正に城を造っている最中だった。

外観から察するに稜堡《りょうほ》式の縄張りを持つ石垣が作られようとしていた。

「この地は、南蛮の支配下にあったと思ったが？」

先を歩く加藤清正に聞くと、

「カリブ海で南蛮船をことごとく沈めた後、この地にたどり着きました。半島は南蛮の支配下にありましたが、南蛮からの補給船をことごとく叩《たた》き補給路を断ち兵糧攻めにいたしました次第でございます。我が主は兵糧攻めを得意としてございますからな。弱ったところを先住民と協力して彼らに陸側からじわりじわりと攻めていただき、海からは上様の艦砲射撃と言う容赦ない攻めに降伏させた次第でございます」

「なるほど、北アメリカ大陸先住民と手を結んだ訳か」

加藤清正はなにやらにやりと笑っていた。

「ん？」

「上様にお会いになればわかります。こちらへどうぞ」

フロリダ・マイアミ城は湾を巧みに使いながらも、星形の稜堡式で堀を三重に掘削中で、真ん中の本丸は石垣で一段高く作られている。

完成すれば巨城になるのは間違いない大きさだった。

「ん？　ねぇ～真琴様、あの人、インカの石工じゃない？」

「あれ？　本当だ。グアヤキル城の時もいた石工職人の組頭だ」

手を大きく振ると向こうも気が付いたようで深々とお辞儀をしてくれた。

日本の礼儀を学んでいるようだ。

「インカ帝国も上様の要請に快く応じてくれて卓越した技術を持つ石工職人を手伝いに出してくれているのでございます。彼らには後ほど語る時を作るとして、さぁ～こちらでございます。右府様の案内をぐずぐずしていたなどと知れたら上様に怒られてしまうので先を急がせていただきます」

「あっうん」

加藤清正の案内で城の中に進む。

城は間違いなく俺が進めた縄張りなのだが建物はドーム型が多い。

これも俺が広めているのだから美的バランスが微妙なのは仕方がない。

パネルを作れば組み立ては早くしかも頑丈なのだから。

本丸の一際大きなドームに案内されると、そこには茶色に近い髪色の三つ編みでターコイズの首飾りをした褐色美少女に耳かきをしてもらっている織田信長《のぶなが》がいた。

今回ハーレムイベントは織田信長に起きたのか！

うとうとしながら膝枕で耳かきをしてもらっている織田信長は至福の顔をしていた。

「信長様？」

「ん、来たか？　思っていたより早く戻って来たな、常陸《ひたち》」

織田信長は耳かきを止めさせ座り直した。

「ええ、新しい船、蒸気機関船が完成いたしましたから今世紀最強の艦隊を作りリベンジに来ました。この艦隊を超える物は存在しません」

「リベンジ？」

「やられたらやり返す、倍返しだ」

言うと織田信長はおそらく未来の言い回しなのだろうと、特に突っ込んでも来なかった。

「伯父上様、風や波など関係なく進む船、真琴様が考える物には本当に驚かされます」

「そうか、お初《はつ》が珍しく褒め称《たた》える物か、風がなくても走る船は以前話していた事があったな？　本当にその様な物が出来たのか？」

「えぇ、開発を指示した俺自身も目を疑いましたよ。ただ、石炭の熱に耐えられるストーブが元々うちにはありましたし、様々な鉄製武器を作り、水力で動く絡繰《からく》りを持つ城の装飾、それに水車の活用を推進していたのが功を奏して蒸気機関と言う絡繰り物も完成させてしまいました。いや～死ぬまでに小舟が走れれば良いと思っていたのですが、大海を渡れる大型船を造ってしまうんですから」

「ふっ、日の本の民は創意工夫が得意だからな、それより儂にもあるのだろうな？」

「もちろんです。一隻、信長様に献上するのに用意してあります」

「よし、見に行こう」

60を過ぎても好奇心旺盛な織田信長はギラギラと目を輝かせて立ち上がった。

「その前に信長様？　俺はそちらの女性が気になるのですが、そのネイティブアメリカンの女性は？」

編まれた茶髪が長く肌の色はこんがりと小麦色、目鼻立ちがはっきりとしている美人の女性が気になる。

後ろでお初が強烈な視線を俺にぶつけてきているのがわかるが、気が付かないふりをする。

お初の視線に負けたら黒ギャル大好きの俺の趣味《しゅみ》嗜好《しこう》を自分自身で否定してしまう気がする。

「ん、部族長の娘でキャルッパと言う。側室に迎えた」

「羨ましい～～～～～～」

ゴツン

後ろからお初に鉄の扇子で頭を叩かれた。

「くあぁぁぁ、いてぇぇぇぇぇ、思いっ切り叩きやがったな、今」

「少しは自重してください」

叩かれたところを押さえてうずくまっていると、織田信長は追い打ちをかけるように、

「猿も側室にしたぞ。しかも懐妊しておる。なんでもお主がくれた精力剤でビンビンだ。と、喜んでいたぞ」

「羽柴秀吉〜〜お前もか……」

お初が鉄扇を振りかぶったのでゴロリと転がり部屋の隅に逃げる。

羽柴秀吉、無精子症だと思っていたが、栄養状態改善で多少なりとも精子が作られるようになったのかな？

平成時代でも精子は作られるが動きが鈍く受精しにくい場合や、精子その物が少ない人の治療の一つとしてそれに効く栄養剤摂取が行われると目にしたことがある。

羽柴秀吉、伝承だと正室のおねとは結婚当初に子供が出来ていたって説もあったくらいだから、完全な無精子症より精子が少ないタイプなのかな？

それとも病気とかの後天的理由とか？

聞きにくい話だから言葉にしたことはないが。

だがなんにしても、めでたい事と思った。

この後、羽柴秀吉には姫が誕生する事になり大変感謝される。

「信長様、俺が黒ギャル好きなの知っているはずなのに、なんで俺にはいないんですか〜」

俺のリュックの中身にある美少女アクリルキーホルダーを見ている織田信長は、俺の女性の趣味を知っている。

「お主は、女子《おなご》を買った売ったは嫌いであろう？　自分で恋仲になって好きに捕まえろ。大体弥助《やすけ》の娘がおるではないか？　お前に付いて部屋に入ってきたのが弥美《やみ》であろう？　小さきとき会っておるぞ」

最初は護衛として襖《ふすま》の前で正座していたがいつの間にやら部屋の隅でコックラコックラと船をこいでいる。

お初が鉄扇で自分の手を叩きバンッと大きな音を立てると織田信長に向かって一度頭を下げてからなぜか顔横ピースの決めポーズをして満面の笑みを見せた。

「きゃはっは、やほーっ上様！」

信長にその顔をするって流石《さすが》空気読まないギャルだなぁ……。

「まぁ～確かに弥美は黒ギャルだけど……」

「側室の事は姉上様から一任されています。勝手に増やしたら斬るわよ、それ」

「ひぃ、それだけは勘弁して」

股間を押さえて再度部屋の隅に逃げると、織田《おだ》信長は大きくため息を吐《つ》いて呆《あき》れていた。

監視の目がある今はそれが難しいから、織田信長から「この者と縁を結べ」と言われて、ネイティブアメリカンの娘を側室にするイベントが発生しないと新たな側室を見つけるのは困難なんだよ。

お初の目を盗んで信長様に頼んで……いやそれはやめとこう。

結局それは権力と言う名の金で買うに等しいことだから。

それにお初より忍びの術を学んでしまったお江《ごう》が付いてきている今回は無理だ。

今は船の護衛で下りてきていないが、下りてきたら四六時中気配を消して見張っている。

言葉を理解している信長の側室は、今のやり取りが面白いのか、両手で顔を覆い声を押し殺しながら笑っていた。

あ〜なんともお淑《しと》やか、

「そんなことよりさっさと船を見せろ」

織田信長は太刀を携え部屋を出た。

織田信長をマイアミの港に停泊させている船、まだ名のない船に案内する。

蒸気機関外輪式推進装置付機帆船型鉄甲船戦艦。

出発時に完成した5隻で来ている。

そのうち4隻は俺の艦隊だ。

そして残る1隻は織田信長に献上することを決めていた。

そのため、実は名は既に決まっておりネームプレートの装飾は彫ってありそれを布で隠していた。

船を目にした織田信長は船首から船尾まで黙ってじっくり一度見てにやりとした。

「幸村《ゆきむら》、船の幕を外すよう命じてくれ」

「はっ」

すぐに幕は外され、KING・of・ZIPANG Ⅳ号の純金製ネームプレートがキラリと光った。

「儂《わし》にくれる船はこれか？」

「はい、信長様の為《ため》に少しだけですが他とは仕様が違う船となります。茶室を設け信長様の居室となる部屋は少し広く作らせています。この蒸気機関戦艦は増産体制が整えば幕府・信忠《のぶただ》様にも献上いたします。これからの日本の要にしていく船にございますから」

俺が腰から扇子を抜き拡《ひろ》げて頭上に上げる合図をすると、3カ所にもうけられた360度対応ドーム型砲塔がゆっくりと回り出す。

「蒸気で進むだけでなく、砲塔にも工夫を凝らしているのか？」

「前方後方の敵にも対応しており、囲まれても弾が尽きるまで戦えます。また、ドーム型艦橋などは敵の弾の威力をそぐ役割を持っております。艦橋や砲塔に使っているドームは新開発した二重ハニカム構造の壁を使っているので、もし敵の砲弾が当たっても衝撃を逃がすので多少の砲弾では壊れません」

ハニカム構造とは段ボール箱を思い浮かべてくれると良いだろう。

板と板の間に蜂の巣状の組木が施してある。

大工・鉄工職人育成を進めていたからこそ出来る技術。

このハニカム構造の板はちょっとやそっとで壊れる物ではない。

「ぬはははははははっ、未来の知識、それこそがお主を雇った理由、価値、それを発揮した船か」

「考えられるだけの技術を使ってみました。どうぞ、乗ってみてください」

織田信長を案内し乗船する。

基本構造は今回は5隻とも一緒で変わらない。

ただ、織田信長用に内装が少し豪華仕様。

艦首の像は熱田神宮に伝わる草薙剣《くさなぎのつるぎ》を想像した七支刀にし、それに大きく熱田大明神と刻印してある。

もちろんその七支刀は熱田神宮お祓《はら》い済みだ。

草薙剣が門外不出の見られる刀ではないのであくまでも想像の品だ。

一説には太い直刀であると言われているが、艦首の像にするのに七支刀の方が見た目が良いのでこちらをチョイスした。

「ぬははは、こざかしいことをするの～」

熱田神宮を信仰している織田信長《のぶなが》は笑いながら喜んでいた。

乗船するとマイアミの湾を帆を張らずに蒸気機関だけで進むと、信長は、

「すごいの～本当に風の力を必要としないとは、これは船の革命ぞ。今後、このような船は黒坂《くろさか》式蒸気機関と名付けるが良い」

黒坂式蒸気機関？

俺が蒸気機関開発第一人者として名前が残ることになることは想像が付いたが……。

「なんか、俺、知っている知識を出しているだけなんですよ。本当の開発者って違うんですがね」

「だが、実用に耐えうる物をこの時間線で作ったのは常陸《ひたち》、お前ぞ。時代を変えるという事は時代に名を残すということ。受け入れろ」

「はぁ～なんと返事していいやら」

俺よりもタイムパラドックスを理解している節がある織田信長は蒸気機関で進む船の先を見てそう口元を緩めた嬉《うれ》しそうな顔でずっと先を見ていた。

KING・of・ZIPANGⅣ号が織田水軍旗艦になるのと同時に俺は、南蛮型鉄甲船型戦艦
Champion of the sea HITACHI号
Champion of the sea TSUKUBA号
Champion of the sea KASHIMA号

3隻を返してもらった。

この前の惨敗で日本に帰らされたときカリブ海に残していった船だ。

蒸気機関外輪式推進装置付機帆船型鉄甲船戦艦4隻と南蛮型鉄甲船型戦艦3隻の7隻の黒坂水軍艦隊を編成する。

旗艦・武甕槌《たけみかづち》・船長・真田《さなだ》幸村
（黒坂水軍司令長官・黒坂真琴《まこと》乗船）
二番艦・不動明王・船長・柳生宗矩《やぎゅうむねのり》
三番艦・摩利支天・船長・前田《まえだ》慶次《けいじ》
四番艦・毘沙門天《びしゃもんてん》・船長・真壁氏幹《まかべうじもと》
Champion of the sea HITACHI号・船長・佐々木小次郎《ささきこじろう》
Champion of the sea TSUKUBA号・船長・猿飛佐助《さるとびさすけ》
Champion of the sea KASHIMA号・船長・東住美帆《とうずみみほ》

この他に高速輸送連絡船10隻の新艦隊を編成した。

「姉上様に続いて私も船長にしていただけるなんて光栄にございます。しかも輸送船より格上の戦艦なんて武人として誉れ」

東住美帆が涙を流しながら喜んだ。

「船は預ける。良いか預けるのであって与えるのではない。いずれは蒸気機関戦艦と引き換えに返してもらう」

「はい」

「麻帆《まほ》のように真琴様の盾になって死ぬのは家臣として誇らしいこと。でもそれを見習うような事は絶体絶命の時まで選んでは駄目よ。あれは窮地だったから誇らしいことであって自ら進んでそうなるように選んでは駄目、良い？」

「はい、わかっています。船を預かる船長として役割を果たして見せます」

お初《はつ》が俺の足らない言葉に付け足して東住美帆に命じていた。

「紅常陸隊だけでは敵が突っ込み甲板で戦いとなったとき心許《こころもと》ない、そこで柳生宗矩家臣、柳生利厳《としとし》を副船長に据える」

「補佐、お任せを」

柳生利厳は柳生宗矩の甥《おい》、史実では柳生本家は検地で不正を働き所領没収され、加藤清正《かとうきよまさ》に仕えるなどして、最終的に尾張徳川家《おわりとくがわ》に仕え尾張柳生の開祖となる武将だ。

この世界線では柳生本家は安土《あづち》幕府剣術指南役として大名として活躍しているが、柳生石舟斎《せきしゆうさい》の意向で利厳は宗矩に仕えている。

異国に行くことが多い宗矩の元で鍛えろと言うことだと思う。

最上義康《もがみよしやす》の前例がある。

いずれは本家を継ぐのに戻ることになるのだろうが今は心強い家臣の一人、まだ21歳と若いが腕は間違いない。

「利厳は乗船技術を紅常陸隊から学んでくれ」

「御意」

宗矩に似て言葉少ない生真面目な男だ。

こうして新たな艦隊編成をして1週間フロリダの沖で連携を取るための訓練を繰り返し行わせた。

蒸気機関外輪式推進装置付機帆船型鉄甲船戦艦の4隻が先頭となり南蛮型鉄甲船3隻は後ろに付く。

南蛮型鉄甲船3隻は石炭を積ませて補給船の役割を持たせる。

風や波の影響が強く帆船である南蛮型鉄甲船が遅れるような時は蒸気機関外輪式推進装置付機帆船型鉄甲船戦艦が太い縄で引っ張れるようにする。

蒸気機関外輪式推進装置付機帆船型鉄甲船戦艦と南蛮型鉄甲船の連携。

繰り返し繰り返し毎日訓練を続けた。

もちろん戦闘時の陣形もだ。

敵船団と出くわしたら蒸気機関外輪式推進装置付機帆船型鉄甲船戦艦360度対応アー

ムストロング砲を撃っている間に、南蛮型鉄甲船3隻は旋回し船の横に付いているアームストロング砲を敵に向ける。

そして、全戦艦で砲撃をするのだ。

最大で33門×4隻＋24門×3隻。

合計で204門のアームストロング砲が敵艦隊に狙いを定めることが出来る。

しかも蒸気機関外輪式推進装置付機帆船型鉄甲船戦艦の9門は大口径アームストロング砲で威力・飛距離は桁違い。

信長がフロリダ半島占領の折に拿捕《だほ》したイスパニアの木造南蛮船を的にして集中艦砲射撃をする。

204門一斉に発射。

あたりは一瞬火薬の煙で真っ白になる。

そこを望遠鏡で確かめる。

風が煙を吹き飛ばすと、南蛮船は文字通り海の藻屑《もくず》、跡形もなくバラバラになっていた。

「御大将、これなら相手が大船団でも迎え撃てます」

真田幸村が言う。

以前の敵大船団に囲まれたカリブ海の敗退、それを教訓にした戦術。

「油断は禁物よ、でもあの時のように逃げる間もない事態は流石《さすが》に避けられるわね」

「はっ、お初様の仰《おつしや》るように単騎で突っ込み隙を作らねばならないような事態は避けられるかと」

真田幸村の鉄扇は地図上に並べられた艦隊の小さな船の模型、武甕槌だけを後退させて他の味方船が横一列に並ぶ動きをさせていた。

俺はそうならないように戦うと一人心の中で決めていた。

「あとは織田《おだ》水軍との連携の訓練に入る。連携がとれるようになれば敵本陣に攻め込む」

「いよいよ、イスパニアの国盗《くにと》りですか?」

「イスパニア帝国皇帝・フィリッペⅡ世の首を取り、地中海の玄関口を押さえる」

領土拡大には興味はないが地中海を治め、日本が世界の覇権を握るために目をつけているのは地中海の玄関口になるイスパニア、平成時代の名で呼べばポルトガル国。

その地を日本国とし、ヨーロッパを牽制《けんせい》する。

牽制というのか日本国が、俺が指導する秩序構築の要にする。

俺の脳内構想の世界戦略だ。

野望と言うものはなかったはずだが、ミクロネシア諸島やアメリカ大陸のイスパニア帝国を主体としたヨーロッパ諸国のやり方に俺はNOを突きつけた。

その結果として俺は新秩序構築が野望になっている。

地球上の人々皆が『一日三食』食べられる生活と自分たちの受け継いできた文化を継承していく事が出来るよう、そして、政治から宗教を切り離すことで未来への禍根をなくす。

大きすぎる目標を持った。

だが、今なら出来るはず。

今の艦隊の力なら間違いなく出来るはずだ。

大海原に沈む夕日を見ながら俺はそう考えていた。

「我が黒坂水軍だけの訓練はここまでとしてマイアミ城に一度帰るぞ」

指示を出した。

その後、織田水軍との連携訓練がしばらく続いた。

◇◆◇◆◇

《常陸国・茶々《ちゃちゃ》の物語》

「武丸《たけまる》はどこに行きました？」

多くの船を造るために鹿島港の他に日立港に造船所を造り慌ただしい。

藤堂高虎《とうどうたかとら》に命じた日立港城兼造船所は間違いはないはずだが、多くの金子を使ったのでこの目で確かめたく茨城城を数日留守にするに辺り武丸に留守居役を命じようとすると姿が見えない。

「兄上様なら日立の山、神峰《かみね》で足腰の鍛錬をすると先日宮本武蔵《みやもとむさし》と鹿島道場の数名を連れて行ったではないですか？　茶々の母上様」

ウォンバットを抱きながら言うお初の娘、彩華《いろは》が教えてくれた。

「あぁ〜そうでしたね、忙しさから失念していました」

武丸は身分を隠しながら学校に通い、また常陸藩領内、馬を走らせ各地を巡り、時には足腰を鍛えるために山に入り修験者のような鍛錬をしている。

日立の神峰神社や御岩《おいわ》神社付近の山々は真琴様肝いりで山岳修行の場として整備されており、藩が運営している学校の生徒も多く行っている。

日頃から鍛えている武丸の身を心配することはないものの、仕事を任せたいときにいないのが困る。

茨城城留守居役、宇都宮と行ったり来たりしている森力丸《もりりきまる》はあてにならず、他の重役に就かせている家臣達《たち》も今は田植えに忙しい時季で自分が任されている城・領地に戻っている。

黒坂《くろさか》家では水田開発は重要な仕事の一つ、水田、時に水害を拡《ひろ》げないための遊水池として防災活用も担わせており、その田植えだけでなく土手の整備に力を入れているため今の季節、呼び寄せるのははばかられる。

「さて、どうしたものか……そうだ！　桃子《ももこ》と小糸《こいと》を呼んできて彩華」

「桃子母様と小糸母様ですか？　わかりました」

桃子と小糸を呼んできてと頼んでから数時間、遅い、なにをしているの？

「お待たせして申し訳ないですのです」

桃子が黒坂家御用の半被《はっぴ》を着たまま慌てて部屋に来た。

「ん？　町に出ていたのですか？」

「えぇ、食堂で働く生徒に手ほどきに行っていたのです」

「それは忙しいときに呼んでしまって申し訳なかったわねってもしかして小糸も？」

「小糸ちゃんですか？　食堂隣の診療所で多くの町民を診ている最中でしたのです」

桃子と小糸はそれぞれ役を真琴様から仰せつかり留守であろうとそれをしっかり遂行している。

「茶々様、急ぎの用なら診療切り上げさせるよう呼びに行かせますが？　のです」

「急ぎではないわ、まぁ～桃子に話しておけば問題ないか。私はしばらく領内見聞、日立港を見聞するのに城を空けます。紅《くれない》常陸隊《ひたちたい》を二人で纏《まと》め城の留守居を頼みます」

「えぇぇぇぇぇぇ、そんな大役、私には無理ですのですよ、茶々様」

「ふふふふっ、料理方奉行また学校の料理方教授として生徒達に慕われているあなたが何を言うのです？　それに同じく病院方の奉行そして医術教授として慕われている小糸がいれば皆一丸となって城を守れるではないですか？」

「生徒達がいればなんとか……のです」

紅常陸隊や漆黒常陸隊は全員が学校出身、桃子や小糸を馬鹿にする者はいない。

「この城は四方に家老が治める城がありますから攻め寄せられる事などはありませんよ。ただ、幼き子達がいるからそれを任せるということです」

「あ~それなら大丈夫ですのです」

胸を張って言う桃子、成長したものですね。話が一段落したところで膝まである白衣と口を覆うマスクをしたまま部屋に入ってきた小糸が慌ててそれを外して、

「もうしわけなかっぺよ、じゃなくて、申し訳ないですこの様なかっこで」

「何を言うのです？　それがあなたが真琴《まこと》様から仰せつかっている役目の服、無礼なことなどと思いませんよ。それより病人は大丈夫なのですか？　私の用より民の命が大事」

「んだから~……じゃなくて、はい、大丈夫です。あとは軽い怪我《けが》などの者だったので生徒達に任せてきたから大事なかっぺ。それと種痘を待つ人達だったから生徒に任せて大丈夫だぁ」

「そうですか、大方の話は桃子にしましたが、城を数日離れるので留守の間、子達を頼みましたよ」

「当たり前だっぺよ、右大臣様の子は私の子、誰一人病気でなんか絶対死がせないかんねって、あっまたやってしまった」

「はいはい、あなたのお国訛《くになま》りが抜けないのはもう慣れてますから言い直さなくて良いですから」

そう言うと、小糸は頭をペコペコ下げながら苦笑いをしていた。

桃子はそれをクスクスと笑って見ている。

二人に任せておけば大丈夫と私は翌日、漆黒常陸隊の護衛を連れ、茨城城から船を使い鹿島港城に出て、完成したばかりの蒸気機関戦艦に乗船して日立港に向かった。

昼過ぎに出て日が落ちる直前に到着すると、丁度岬に造られた櫓灯台《やぐらとうだい》に火が灯《とも》された。

真琴様の命はしっかり守られているようね。灯台は船で移動する者にとって希望の光、365日毎夜必ず日暮れには火を入れることが真琴様によって各港城に厳命されている。

城外の先に見える岬でも丁度火が入ったようで、微《かす》かに光った。

城内は兵が、城外の岬では軽微な罪で捕まった者が灯台守の仕事を刑罰として担っている。

だが、それは仕事がなく、食べることに困り食料を盗んでしまった者への救済である。

灯台守と言う夜火を絶やしてはならない仕事は罰となるが仕事として与える為《ため》、衣食住の保障はされる。

定められた刑罰期間が過ぎても灯台守をしたいという者は防人《さきもり》として正式に黒坂家足軽に入れられ岬を守る番所組下に入る。

真琴様が定めた法でそれが機能している。刑罰期間内に逃げ出すと斬首と定められているから逃げ出す者はいない。

その光を横目に桟橋に降り立つと、

「茶々の方様だ！　急ぎ藤堂様を呼べ〜」

桟橋で立哨《りっしょう》していた兵が走り出した。

「急ぐ必要はありませんよ」

「お方様、私達は先に城に怪しきところないか探りを」

お江《ごう》が組織した『くノ一集団・漆黒常陸隊』の組頭がそう言って散っていった。

「これはこれはお方様、はぁはぁはぁっ、突然の来城なにか急な御用でも？」

大きな体、大きな肩を上下に揺らしながら息を整えながら言う藤堂高虎、

「港の見聞です。造船所が上手《うま》くいっているか見に来たのですが、今日はもう日が落ちるので皆帰ったのでしょう？　見聞は明日にします」

「えっと、お方様、造船所は今は交代制で休みなく造って、あっいや、勘違いなさらずに！」

休みなく働かせていると耳に入った瞬間私の目が殺気立ってしまったのに気が付いたよ

うで慌てて弁明を口した藤堂高虎、

「聞きましょう、どういうことですか？」

「はっ、造船所は今は一日三交代制で造らせております」

「三交代？　と言うことは真琴様が定めた時間で言うと一勤務が8時間と言うことでしょうか？」

「はっ、その通りで」

「百聞は一見にしかず。兎《と》に角《かく》、この目で確かめさせていただきます。私が見に行くことは伏せなさい」

「はっ、こちらで」

藤堂高虎に案内され向かった造船所は日立港城内に造られた一郭の中で、堀に囲まれ高い塀を持つ一際守りが堅い所だった。

「造船の技術、他に漏れ出すことがないようにした結果にございます。特に異国の者に見られないよう細心に注意しております。中で働いている者は皆、大殿様専任鍛冶師国友茂《くにともしげ》光《みつ》殿に認められた者達と左甚五郎《ひだりじんごろう》殿の学校生徒、ご安心を」

「確かに私も学校で見た顔が」

私は真琴様が留守の間、各学校に赴いては真琴様の知識、地理学や宇宙天文学、オーストラリア大陸やインカ帝国との関係を教え広めている。

これから黒坂家の者として現地に赴いたとき、先に住む者達を差別することなく平等の人間として扱い仲良くするようにと真琴様の考えを教える……叩《たた》き込んでいる。

差別は黒坂家の家臣を名乗る者にとって恥ずべき所業であり、厳しい罰を設けている。

自分たちが優れているのではなく、ただ真琴様の知識を学ぶ機会を得ている幸運な環境で育っていると言うことを言い聞かせるようにしている。

「昼夜働いてあの者達は大丈夫なのですか？」

「えぇ、夜は作業量は抑えておりますし、朝が苦手という者達などもいるのでそう言う者達が夜働いたりと各々の希望を聞きそれぞれにあった働き方をしております。大殿の言い方だと働き方改革とでも言えばいいのでしょうか？」

なるほど、弥美《やみ》など朝は苦手だが確かに夜遅くまで古事記や日本書紀を絵物語にしていた時期がある。

「なるほど、働き方改革、真琴様ならそう仰《おっしゃ》るでしょうね。真琴様は奴隷と呼ぶ労働を禁じています。しかし、働かざる者食うべからずもまた人として当たり前の事、適材適所と言う言葉を真琴様から聞いたことがあります。それに則《のっと》った働き方が出来ているなら文句はありません」

「黒坂家は我々にとっても働きやすきところにございます。私は普請を得意としているので大殿様にあちらこちらと普請を任されてやりがいを感じております」

「そうですか？　それはなによりです」

顔を隠して働いている者の側《そば》まで行くと確かに目を輝かせて一生懸命働いていた。

中には女もおり、船の装飾にするのであろう物を彫っている姿まであった。

静かに見て回っていると、

「ただ、お方様、鉄が不足を」

小声で言う藤堂高虎、

「おかしいですね？　オーストラリア大陸から原料の鉄鉱石は届いているのですが？　横流しでも？」

「あっ、いや、そうではなく反射炉から作られた鉄が足りなく」

「あ～そちらが間に合っていないのですか？」

「各工房で取り合いとなっており……」

藤堂高虎《とうどうたかとら》、言葉を濁していた。

造船所の他にも大砲製造に鉄砲製造もある。

農耕機具にも鉄を取り入れ開墾がはかどっている。

石炭などの採掘現場でも様々な道具として鉄を使っている。

それらは真琴様が直々に命じられた事なので、そこを貶《けな》すような事は出来ず言葉に詰まったのだろう。

「わかりました。笠間の煉瓦《れんが》職人を増やすよう手配して、反射炉建設を早急に致しましょう。城、港は少し落ち着きましたね？　藤堂高虎、反射炉増設の奉行を命じます。国友茂光と協力して領内に反射炉建設を進めなさい」

「はっ、承りました」

常陸那珂《ひたちなか》と呼ばれる地に建てた反射炉では捌《さば》ききれず、また、船、鉄砲、大砲を増産していて作られた鉄はどんどん消費しているのにも拘《かか》わらずオーストラリア大陸から送られてくる鉄鉱石は多く、確かに鹿島の港では山となっていた。

反射炉技術は幕府にも報告済みで各地に作られているが、他は他で手に入れた鉄鉱石から製鉄しており原料不足を耳にすることはない。

耐熱煉瓦増産のほうが足枷《あしかせ》となっているとは耳に入ってきていたが、実際現場を見てそれを実感した。

「今日は良き見聞が出来ました。満足です」

「今宵《こよい》は是非ともこの城にお泊まりを」

藤堂高虎がそれを言ったとき天井に気配を感じ目をやると、梁《はり》の上に身を潜めていた漆黒常陸隊の組頭が、頭上で大きな丸を作り問題ないと合図をしていた。

それを見て私は泊まる事とした。

「そうですね、明日、御岩《おいわ》神社に参拝したいのでここに世話になります」

「では、『かじめの湯』を用意させます」

「かじめの湯？」

「えぇ、御大将から教わったのですが、ここで採れる海藻かじめを湯に入れると湯が琥珀《こはく》色になるのですが、それが大層体を温めて疲れを洗い流してくれるのです。職人達《たち》が使う大浴場にも使わせているのですぐに用意が出来ます」

「はははははっ、風呂好きの真琴様らしいことを吹き込まれたのですね？　ですが、それは楽しみ、是非入らせていただきます」


その夜入った湯は、琥珀色の湯で船旅の揺れで疲れを感じていたが体が芯まで温まったようでゆっくり休むことが出来た。


翌日、馬に乗り整備されているものの上下が繰り返される山道を進む、所々で鉱山開発が行われており、山間《やまあい》なのに活気がある集落が所々に見受けられた。

牛車で農作物や塩漬け魚や干された魚を移動販売している者がおり不便さを感じさせない。

こんな場所でも活気があるなんて良いことと思いながらしばらくすると真琴《まこと》様が寄進をして造らせた神社が見えてきた。

「くぁ～この門は普通に出来てるじゃない！　なによこの朱塗りの門！　真琴様！」

萌《もえ》ていない門に思わず大きな声を出してしまうと、

「お方様、お声が……」

「あっ」

身分を隠して巡察兼参拝に来た事を思い出す。

「なに？　あの人？　真琴様って殿様の事だっぺ？」

「んだんだ、殿様の事親しげに言うなんてだれだ？」

ジロジロと視線を感じる。

「鎮まれ、我はこの地を任されている藤堂高虎である。こちらの方は京の都からお越しになった大殿様と縁ある方、皆無礼なきよう」

藤堂高虎が上手く庇《かば》ってくれたので、私は顔を隠しながら馬を降り、そそくさと鳥居と山門をくぐり先を進んだ。

しばらくして見えてくる社殿で参拝をすると、

「この裏山が御神体として崇《あが》められ、また修験者、黒坂《くろさか》家藩校の生徒達など鍛錬に使われている険しい峰となりますが、お入りになりますか？　今日はもう日暮れが近いのでもし入られるなら宿坊を用意させますが？　殿が整備を進めたので多くの宿があるので多少の融通は利きますが」

「いや、やめておきましょう。手勢だけとはいえ50名、突然泊まるとなれば迷惑なはず」

「はっ、では帰りの仕度を」

　上ってきた参道を戻ろうとしたとき、社殿の脇道から慌ただしく下りてきた若者10名、
咄嗟《とっさ》に小太刀に手が行ったが、私はすぐに小太刀から手を離した。

「母上様、なぜここに？　ん？　もしや私を心配して？」

「私は日立港の造船を見聞に来たのです。ここに来たのはそのついで、真琴様達の異国での無事を祈願しにってあなた擦り傷だらけではないですか？」

　修験者の格好をした武丸《たけまる》の服は所々破け、血が滲《にじ》んでいた。

「大岩から転げ落ちまして、あっいや大した怪我《けが》はしていませんよ」

「あなたは黒坂家の跡取り、鍛錬はするべきですが、身分にあった鍛錬にいたしなさい」

　声を荒らげ叱ってしまってから我に返った。

「おい、間違いないって、学校でお見かけしてっぺよ」

「確かにそうだ！　お方様だ！」

「お方様、お懐かしゅうございます。学校でお世話になった者です」

　次々に人が寄ってきてしまう。

　それだけ慕われている事にうるっとしてしまった。

「母上様、なぜに涙を？」

「武丸、私は人々の上に立つ立場です。こうやって身分がわかってしまったとき、石を投げられず、逆に感謝の言葉をかけられ、ありがたがられるこの状況は今までの政が間違っていなかったのだと率直に感じ取ることが出来る場なのです。今の皆の顔を覚えておきなさい。私に向けられた顔ではありません。あなたの父上様が行ってきた政、それに向けられている感謝の顔なのです」

集まる人々の顔を見渡す武丸は、

「なるほど、だからこそ少ない供回りでも来られるのですね」

「そう言うことです」

「お方様、これ以上人が集まってしまうと神社の迷惑となってしまうかと」

漆黒常陸隊《しっこくひたちたい》の組頭が耳打ちをしてきたので、私は逃げるように急ぎ参道を駆け降り、馬に跨《またが》り山を下り日立港からそのまま帰った。

武丸はと言うと逆に山の険しい道に戻っていき人々を撒《ま》いたと後に聞いた。

「母上様が先に逃げるから大変だったのですよ」

修行を終え茨城城に帰って来た武丸はぷんすかと怒っていた。

◇◆◇◆◇

《伊達政宗《だてまさむね》の野望》

「殿、イスパニアの兵が殿に会いたいと申しております」

インカ帝国皇帝補佐として戦っている伊達政宗の元に一人のイスパニア兵が面会を求めて投降した。

「単騎で来た心意気に免じて会ってやろうではないか」

「はっ、では本陣に連れて参ります」

本陣に連れてこられたのはイスパニア軍の小隊を率いる、ガバディー・ミズッホと名乗る貴族だった。

「貴様か？　儂《わし》に会いたいと単騎来た者は？」

それを伊達政宗の家臣に取り立てられた元イスパニア奴隷だったインカ人が通訳した。

『ダテ様の武神のようなお働き今やイスパニア帝国にも響いております』

「ぬはははははっ、そうかそうか？」

『イスパニアだけでなく、バチカンにもその名は届き、ローマ教皇様にも』

「ローマ教皇様とな？」

『はっ、ローマ教皇様は是非ともダテ様と親しくしたいと』

「親しくとは具体的には？」

『イスパニアと戦う道ではなく、イスパニアと手を結び共に世界を統べる道を選ばぬかと、さすればバチカンはジパングの王はダテ様とすると』

その時、伊達政宗は眼帯に隠された右目でガバディー・ミズッホをジッと見た。

厳しい修行を重ねた伊達政宗、天然痘で失った右目は相手の内を見透かす心の目となっていた。

「ぬはははははっ、ぬはははははっ、小十郎《こじゅうろう》、この者、儂に謀反を起こさせ日の本を弱らせる魂胆とみた。気に入らぬ。見せしめだ磔《はりつけ》にせよ」

「はっ」

『えっ？』

「この伊達政宗、織田信長《おだのぶなが》に逆らうことはあろうと黒坂真琴に逆らうことなし！　貴様のような者にはあの方の崇高なるお考えがわからぬだろうな」

『崇高？』

「全ての民、この星に住む全ての者が三食毎日笑って食べられる。ただ単純な幸せを願っているあのお方とはかけ離れたイスパニアと手を結ぶなど片腹痛し！」

伊達政宗は席を立ち和鞭《わべん》でガバディー・ミズッホの首を軽く叩《たた》きその場をあとにした。

ガバディー・ミズッホは捕らえられ高台で磔にされた。

「殿、つまらぬ者をお目にかけたこと、お許しを」

片倉《かたくら》小十郎は大きな盥《たらい》で行水をしている伊達政宗の背をたわしで洗いながら謝罪した。

「いや、バチカンとやらが次の敵だとわかっただけ上々よ。バチカンが策略を張り巡らそうとしていると知れた」

「右大臣様はきっとイスパニアのあとはバチカンと戦をいたしますな」

「だろうな、敵も気付いているのだろうな」

「殿、なにか考えていますね？」

「どうすれば、常陸様の手助けが出来るかと考えている」

「わかりませせぬな、右大臣様の考えることは先の先の事、私には考えつかぬ事ばかり、政道《まさみち》様ならわかるかと思いますが手紙を書いて戻ってくるまで最短で二月《ふたつき》、それではもう遅いかと」

「確かに右大臣様の行動力から言って遅い。バチカン……ヨーロッパ大陸とやらの事を知りたい」

「誰か潜り込ませますか？　オスマントルコと言う国の商人に紛れ込ませて」

「なるほど、その手があるか」

「支倉常長《はせくらつねなが》などいかがでしょうか？」

「よし、その様にはからえ。支倉常長には日の本の味方になるような力ある者を見つけ仕えよと命じよ、密命じゃ。儂がヨーロッパ大陸に行った時に一暴れする下準備よ」

「はっ」


「支倉常長、殿よりの密命を申しつける」

「この支倉常長、黒脛巾《くろはばき》組を率いて探索、そして力ある者に仕え時を待ちます」

「よいか、バチカンとやらと距離を取っている者が良い、いや、バチカンに悪い意味で目を付けられている者が良い。噂《うわさ》では右大臣様が広めた萌の品々を集めている貴族、領主などいるそうだ。その様な者に仕えよ」

「はっ」


伊達政宗の密命を受けた支倉常長は史実とは違った形でヨーロッパ大陸に上陸することとなった。

オスマントルコ帝国商人に紛れて地中海を東に進んだ。

そして行き着いた先は……。

「マイアミの港に見慣れぬ船がございます」

マイアミ城に戻ると、白地に赤に近いくすんだ茶色で十字が大きく描かれた帆を畳み上げている最中の南蛮船が見えた。

よくよく望遠鏡で確かめると船尾には金色の大きな二本の鍵がX字状に描かれた旗が見える。

「真琴様、敵の船では？　港、攻め取られた？　それにしては出港の時と同じように築城作業は続けているみたいだけど……砲撃戦闘の準備させる？　不動明王の旗を掲げる？」

「いや、様子的にはその必要はなさそう。ほら見て」

お初《はつ》に望遠鏡を渡した。

「あの旗はバチカンの国旗だったはず、イスパニアと言うよりキリスト教の親玉からの使者が乗ってきていそうだな」

「バチカンの親玉？　比叡山《ひえいざん》の座主みたいな？」

「うん、それの使者とか」

「なんの話やら」

「だね……」

どうやら俺が不在中に来航したらしい。

俺も接岸すると桟橋で兵を整列させ、その南蛮船に向けてアームストロング砲をいつでも撃てるようにしている加藤清正《かとうきよまさ》がいた。

「バチカンの使者が先ほど来ました。上様は右府様の同席で会うと申して待たせております」

「あいわかった。着替えてすぐに広間に行こう」

俺は甲冑《かっちゅう》から烏帽子《えぼし》大紋袴《だいもんばかま》と言う正装に着替えて、各々に指示を出す。

「お江《ごう》、霧隠《きりがくれ》才蔵《さいぞう》と共に忍びを広間周りに展開しておいて、信長様と拝謁の時、危害を加えそうだったら捕らえるか殺して、それと幸村《ゆきむら》は船でいつでも砲撃出来るように」

「うん、わかった」

「はっ、かしこまりました」

「私は？」

お初は俺の指示がないのが不服なのか、腕を組んで、足先で床をパタパタと鳴らして言う。

「お初は俺の側《そば》に決まっているからそんなイライラしないでよ、太刀持ちとして同席して」

「太刀持ち？　ふふふふっ、誰よりも信頼してるってこと？」

イライラした顔からすぐににやりと嬉《うれ》しそうにお初は笑った。

お初は表情に出て心の声がわかりやすい。

「そりゃそうだよ。腕も信頼に値するからね」

褒められたのが余程嬉しいのかニコニコと珍しくしていた。

「ララも同席して、通訳を頼むよ」

「はいでありんす」

「弥美《やみ》も襖《ふすま》の近くで座ってて」

「え〜休みたいのに〜」

「ほら、面倒臭がらない！」

弥美はお初に尻を叩かれた。

痛がる弥美はそれ以上叩かれまいと俺の背に回り隠れて、

「でもぉ〜大切な場に同席だから嬉しいって言おうとしたのにぃ〜」

頬を膨らませてお初に抗議していた。

広間に行くとすでにバチカンの使者はフローリングの上に置かれた質素な椅子に沈黙で座っていた。

部屋に入ると立ち上がり頭を下げる使者に言葉をかけずに俺は上座の畳が敷かれた上段

の間の椅子に座る。

勿論《もちろん》、うちの家臣大工が作った美少女の彫刻が入った椅子、そこに紅《くれない》常陸隊《ひたちたい》が作ってくれたふかふかの美少女の刺繍《ししゅう》入りクッションが置かれた椅子。

お初は俺の太刀を持ち俺のすぐ左後ろに立つ、右利きの俺が抜刀しやすい位置だ。

右利きだからと右に立たれると抜刀しにくい、こう言うのが所謂《いわゆる》つうと言えばかあの仲とでも言うのだろう。

右後ろにラララが立つ。

少し待つと織田信長は上々段の間の鳳凰《ほうおう》が彫刻された俺より豪華な椅子に座った。

「ごほん」

織田信長の咳払《せきばら》いで俺が先《ま》ずなにか言えと伝わる。

「取《と》り敢《あ》えず座って下さい。俺は日本国、それとインカ帝国の執政として対外的な事を任されている日本国右大臣、インカ帝国執政黒坂常陸守真琴《くろさかひたちのかみまこと》である。こちらが日本国を統べる王、日本国で最上位の太政《だじょう》大臣《だいじん》である織田信長様だ」

俺が自己紹介をする。

ラララではなく織田信長と一緒に入ってきた信長の太刀を持つ弥助《やすけ》がそれをイタリア語で通訳した。

弥助は奴隷時代に多数の言語を修得しているのでイタリア語も話せるそうだ。

ラララ曰《いわ》く自分の通訳より偉ぶった言葉を選んで通訳していると教えてくれた。

織田信長に『王』と言ったのは実行支配している人物が『帝《みかど》』ではないからだ。

日本国は朝廷に政治の実権は最早《もはや》ない。

朝廷に仕えている公家《くげ》は今現在日本がどのくらいの土地を治め、そして世界での立ち位置すら理解出来ておらず、世界を行き来している多くの武将は帝より織田信長を神聖視している。

朝廷の話は置いといて今は目の前の使者、

『私はバチカン・ローマ教皇クレメンスⅧ世の使者のルイス・ソテロと申します。率直に申し上げます。ローマ教皇はこの度のイスパニアを中心に行ってきた争いを止めたいと仰せです。停戦をいたし共に世界を支配しようではないかとおっしゃっています』

ルイス・ソテロ、この世界線では伊達政宗《だてまさむね》に会うルートではなく、俺と会うルートになったのか?

「なにをふざけた事を言うか、友好的使者としてバチカンに送った我が息子・信雄《のぶかつ》を殺しておきながらぬけぬけと」

織田信長が怒りを込めた鋭い目で睨《にら》んで言う。

『誤解です。バチカンは、ローマ教皇はその件を知りませんでした。イスパニア帝国皇帝フィリッペⅡ世が勝手にした事なのです』

実は俺は薄々そうでないだろうかと思っていた。

バチカンに案内される前に、高山右近《たかやまうこん》の言葉に乗せられたイスパニア帝国皇帝フィリッペⅡ世が行ったのではと。

無敵艦隊と呼ばれる艦隊を持つイスパニア帝国は、日本国を敵に回す事を選んだのではと。

織田信長《おだのぶなが》は黙って俺を見ている。

俺に任せると言うことだろう。

「ローマ教皇の言い分はわかったが、織田信雄様を殺した者の裁きをせねばならぬ。和睦の条件はイスパニア帝国皇帝フィリッペⅡ世と高山右近の首有るのみ」

『そ、それは出来ません。フィリッペⅡ世の首、ローマ教皇でも自由には……』

当たり前の話だ。

我々に負け続けているとは言え、イスパニアはまだ戦う余力を持っている大国だ。

しかも、他国と対日戦同盟を結んでいる。

「なら、イスパニアの事は我々に任せてバチカンは他の国に対して対日同盟の解消を命じていただく、これをするならバチカンとは不可侵条約を結んでも良いですが」

『重要な事なので、持ち帰って返答したいですがよろしいですか？』

「でしょうね。３ヶ月は待ちます。３ヶ月はこちらからの攻撃はしません。ただ、期限を過ぎれば総攻撃をかけヨーロッパ支配の戦を始めます。そんな戦力がないだろうなどと高をくるのはやめておいた方が良いですと忠告しておきます」

『脅しですか？』

「謙遜は何も生みません。日本国の兵力、造船力はあなた方が想像出来る物より２００年は軽く進んでいるでしょう。あなた方は我々には勝てない」

俺が言うとルイス・ソテロは大げさと馬鹿にしたように笑いを浮かべたが俺の後ろから大きな高笑いが聞こえた。

「ぬはははははっぬはははははは、２００年か。常陸、お主自身が謙遜しているではないか？　４００年は進めているというのに」

織田信長の笑いに対してルイス・ソテロは馬鹿にしているのか？　と、疑いと不満が入り混じった目で睨んで、

『そんな絵空事で我々は屈服いたしません。日本国の造船力が進んでいるのは聞いていますが、そんな何百年もとは……』

「話にならんな、あとは常陸に任せる」

織田信長は飽きたのか退室してしまう。

「兎《と》に角《かく》、百聞は一見にしかず、見るがよろしかろう」

俺はルイス・ソテロを港に連れ出した。

「お江、指示を書くからそれを幸村に届けて、でお江はそのまま武甕槌《たけみかづち》に乗船して」

「うん、わかった」

「お初とララは俺と一緒に来て」

「わかっているわよ」

「はいでありんす」


お江に指示を出して少し間を置き、ルイス・ソテロを連れマイアミ湾に出る。

流石《さすが》に蒸気機関は機密事項の塊だ。

あまり近くで見せたくないので真田《さなだ》幸村に命じて港から先に出させ沖で停泊している。

脅しとしてとても有効な策だろうが蒸気機関外輪式推進装置付機帆船型鉄甲船戦艦には乗船させられない。

南蛮型鉄甲船型戦艦 Champion of the sea HITACHI 号に乗船させる。

Champion of the sea HITACHI 号でもイスパニアの造船技術より進んだ船、鉄甲船。

きょろりきょろりと目を見開いてルイス・ソテロ他随行している5人のバチカンの使者は驚いていた。

Champion of the sea HITACHI 号でほどよく沖に出たところで蒸気機関外輪式推進

装置付機帆船型鉄甲船戦艦4隻
『旗艦・武甕槌』『二番艦・不動明王』『三番艦・摩利支天』『四番艦・毘沙門天《びしゃもんてん》』が後ろから帆を張らずに追い越していく演出をした。

『おおおお、なぜにあの船は帆を張らずに進んでいる！　それになんだあの煙は！　燃えているのか！』

ルイス・ソテロは驚いて海に落ちそうなくらい身を乗り出して指を差して言う。

外輪が海水をしっかりと摑《つか》み、煙突からはモクモクと黒い煙を吐き出している。

「私が造らせた最新鋭戦艦、風や波など一切関係なく進みます。今は5隻をこの大西洋に配備してますが、本国ではまだまだ造船が続いてます。日本国はあのような船を造り続けることが出来ます」

ラララが通訳しているが、その言葉がちゃんと耳に届いているのかわからないほど、興奮して見ているルイス・ソテロ。

俺は太刀を抜き振り下ろして合図する。

すると蒸気機関外輪式推進装置付機帆船型鉄甲船戦艦4隻は砲塔を旋回させ、なにもない陸地に艦砲射撃を行った。

轟音《ごうおん》とともに土煙が勢いよく立ち上がる。

さらに、もう一度太刀をたかだかと掲げ振り下ろすと砲塔はこちらに向けてChampion

of the sea HITACHI号の25メートルほど離れたところを狙い撃ってくる。

海面から勢いよく水柱が上がり、その水しぶきの間を船を進ませる。

『味方が撃ってきた！！　なにごと？』

慌てふためくルイス・ソテロ達《たち》。

自国、しかも大将たる俺が乗る船に向けて撃つのだから当然驚くだろう。

もう一度、同じく太刀を振り下ろすとまた大砲がこちらに向けて撃たれる。

しかし、Champion of the sea HITACHI号にはすれすれで着弾せず、水面に砲弾が当たり水柱を勢いよく上げている。

俺は俺の家臣が作り出したアームストロング砲と乗船する家臣達の砲撃術を信頼している。

だから、わざと撃たせた。

この演出は先ほどお江《ごう》に持たせたメモに書いていた物、真田幸村《ゆきむら》はそれを忠実に実行してくれた。

「ふふふふっ、真琴様いつものごとく傾《かぶ》いているわね、ふふふふっ」

お初《はつ》はそう言って笑っている。

「見ての通り、あの船には死角なし、そしてその大砲は正確に撃つことが出来ます。ヨーロッパの海岸、港、そして、バチカンを狙うこともたやすきこと」

通訳のラララがルイス・ソテロ達にそれを伝えると、ルイス・ソテロ達は顔を真っ青にしていた。

『これが噂《うわさ》の大砲……わかりました。ローマ教皇にお伝えいたします』

港に戻るとそう言い残してルイス・ソテロ達は自船に乗りマイアミ城をあとにした。

「真琴様は昔っからこのような演出好きですよね。大津城入場の時の空鉄砲が懐かしいです」

ルイス・ソテロ達の船の出港を確かめると、お初は懐かしむ目で言っていた。

「俺は多少演出過剰過ぎるのかもしれないな」

「いえ、けなしているわけではないのですよ。これで相手が恐れるなら戦は起きず無駄な血は流れませんから。ただ、開発者が真琴様と言ってしまったのは良くなかったと思います」

「そうか？」

「はい、真の敵が伯父上様、織田信長ではなく黒坂真琴だと公表してしまったようなものですから」

お初は俺に向けられる敵意を心配しているようだった。

◇　◆　◇　◆　◇

《ルイス・ソテロ》

フロイスが言っていた遅れた野蛮な国などではなかった事に私は驚愕《きょうがく》した。

私達が使者であることがわかると、身分が低いであろう兵達ですら大将の差配でキビキビ隊列を組み城まで迎え入れた。

その動きはバチカンを守る近衛兵《このえへい》にも負けない素晴らしい動きだった。

それだけで統率の取れた軍を持っている事が理解出来てしまった。

そして日本国王を名乗る織田信長には威厳と風格そして余裕があり、さらにその下の噂名高き宰相・黒坂真琴《くろさかまこと》の堂々たる態度や、そしてその知識で造られたという城と船、あの絵師にして発明家と言われた天才レオナルド・ダ・ビンチが宰相をしているようなもの。

その発明を具現化出来るよう民を育てていると聞く、いや実際それを城、船で目にした。

しかも、オスマントルコ帝国と同盟を結んでいる。

このままバチカンが敵対していれば、日本はオスマントルコ帝国と共に攻め込んでくるやも……。

その様な事になれば勝てぬ、間違いなく勝てぬ。

イスパニア帝国は時間の問題……少なくてもバチカンだけは守らないと。

ローマ教皇様に日本国との同盟を考えてもらわねば。

しかし、ハプスブルク家は反対するだろう。

貿易と奴隷売買で吸っていた甘い汁がなくなるのだから。

困った……、あ～全能なるデウスよどうかお導きをアーメン。

◇◆◇◆◇

「マイアミ城の事は常陸《ひたち》に任せる。儂《わし》は一度日本に帰る」

「えっ、信長様いきなりすぎますって」

「良いではないか、儂はあの船で大海を渡ってみたいのだ」

「まぁ～そうでしょうけど」

「後の事はしっかり頼むぞ、常陸」

「わかりました」

織田信長は蒸気機関外輪式推進装置付機帆船型鉄甲船戦艦KING・of・ZIPANGⅣ号と羽柴秀吉《はしばひでよし》が率いる艦隊を護衛として連れ日本に帰っていった。

◇◆◇◆◇

マイアミ城は建築途中……。

俺に任せるイコール好きにしろと言うことだろうと理解する。

織田信長《おだのぶなが》は俺の建築技術能力と趣味嗜好《しゅみしこう》を知っている。

左甚五郎《ひだりじんごろう》が随行していなくても、船を直すのに左甚五郎配下の優れた大工集団は連れてきている。

俺が指揮を執れば萌《も》え美少女化する事なんて想定済みのはずだ。

ただ、萌城化にするには邪魔な人物が一人いる。

邪魔扱いは少々言葉が悪いか、だが、俺の萌え趣味を理解してくれないお初がずっと一緒だとやりにくいのは事実だ。

その事を考えながらお江と二人で風呂に入っていると、

「なんかいい手ないかなぁ～お初の目が届かない所で造れれば良いんだけど……」

「ん？　姉上様がなんかした？　ねぇ～マコ～姉上様はいつもの事だけどさぁ～ファナちゃんとこ大丈夫かな？　政宗《まさむね》ちゃん所にもバチカンの使者接触したって忍ばせてる者から知らせが入ったよ。まぁ～磔《はりつけ》にしたって言うから大丈夫だとは思うけど、陸奥《むつ》から連れてきている家臣数名消えたって噂があるって知らせてきたよ」

「家臣が消えた？　ん〜まぁ〜政宗は大丈夫だよ……あっ！」

「うわっ、なにマコ〜びっくりさせないでよ」

お江の一言でいい手を思いつく。

風呂を出て広間にみんなを集めて、

「お初、インカ帝国執政代理として、俺の名代としてインカ帝国に行ってファナ・ピルコワコと須佐《すさ》の様子を見てきてはくれないか？」

お初はインカ帝国執政代理だ。

大義名分がある。

その言葉にお初は疑《うたぐ》りの目を俺に向けてきた。

「真琴様、私のいない間になにか企《たくら》んでません？」

「なにも企んでないよ、ほら、お江やララ達は残って貰《もら》うんだから、側室を増やそうなんて考えてないからね」

「むむ、なにか怪しいけど確かに私は執政代理、役職を全うしないと、ファナや須佐も確かに気になる。姉上様に側室の事は私に一任されている。側室にするだけでなくそのあとの教育そして補佐も……。真琴様は大将としてそうあっちこっちには動けない、となれば私が出向かねば、仕方ないか。お江、桜子《さくらこ》、ララ、小滝《こたき》、しっかり真琴様の下半身は握っていてくださいよ」

「はい、姉上様」

お江はケラケラ笑い、
桜子はまるで牛の乳搾りの手つきで、

「みんなで協力して搾り出して他の女子《おなご》に目が行くようなことがないようにします」

ララは、

「異国の女性には通訳なんかしないようにしますでありんすからご安心してくんなまし」

小滝は、

「精力減退するような薬を飲ませるか精力が湧かないような食事の管理をしますです」

とそれぞれ返事をした。

側室達は俺が他に側室を迎えないようにと一致団結したが、お初、だが、あまいぞ。

俺が計画しているのはネイティブアメリカンの側室計画ではないのだ。

マイアミ城の萌美少女装飾化だ。

それにはお初の厳しい目があっては困るのだ。

だからこそ、インカ帝国に向かわせる。

「お初の護衛役は真壁氏幹《まかべうじもと》とする。真壁と共にしかと、インカ帝国の見聞をしてきてくれ。弥美《やみ》も通訳としてお初と行ってくれ。俺はバチカンからの返答がない限りこの城からは動かないから安心してくれ」

「はっ、この真壁氏幹、命に代えましてもお初の方様をお守り申し上げます」

「えぇ〜めんどくさいですぅ〜」

面倒くさがる弥美に対して後ろからのそりと現れた父親弥助《やすけ》が脇腹の肉を思いっ切り摑《つか》んで、

「たるんだ生活してるか？　お初の方様と行動を共にし少し鍛えてもらえ」

「うぅ〜父様、辛辣ぅぅぅぅ、いたたたたそんなに力込めて握らないでぇ〜」

みんなそれを見て笑っていると恥ずかしくなったのか弥助はそそくさと消えていった。

「お初、インカ帝国のことは本当に気になる。他ではなくお初だからこそ頼める、よろしく頼んだぞ」

「仕方ないわね」

お初は最後まで疑いの視線を俺の股間に向けていたが渋々、海路でメキシコ湾からカリブ海そしてパナマ陸路を通り、太平洋に出るルートでインカ帝国に向かった。

インカ帝国とファナ・ピルコワコ、そして我が子の須佐は本心から気になる。

だれか信頼出来る者を派遣したかった。

それをお初に……ふふふ、監視は消えた。

一石二鳥だ。

「ぬふふふっ」

お初《はつ》を見送ってすぐ心の声が笑いとして出てしまった。

「ねえねえ、マコまたやるんでしょあれ？」

「あぁ、勿論《もちろん》だとも」

「あれ作るのに姉上様が四六時中離れずいるのは邪魔だもんねぇ～」

お江《ごう》は目を輝かせていた。

「もぉ～私はなんだかわかってしまいましたが、お初様が帰って来たときどうなっても知りませんからね」

お初との付き合いが俺とほぼ同じで、お初と親しい桜子は苦笑いをしていた。

◇◆◇◆◇

お初が出港した次の日から早速取りかかる。

まず指示を出すのは大手門の装飾だ。

門は城の顔、そこを一番萌化するのが俺の城へのこだわりだ。

すでに城の守りを強くするため鉄城門は完成している。

その為《ため》、壊してまで改造はしない。

その代わり金で作るレリーフを取り付ける。

そのレリーフは大工と言うより、インカ帝国から手伝いに来ている彫金師が主に取りかかる。

前回インカに作ったグアヤキル城門『日本インカ友好門』製作に参加した者もいるので、下絵を渡せば済む。

下絵帳からどのキャラクターを作るか考える。

ルイス・ソテロが来た……バチカンの使者が通る……中世ヨーロッパ……バチカン……異教徒狩り……魔女狩り……魔女狩りに対する当てつけ……そして萌える！

「よしきたっ！」

色々な事と結びつけながら思いつく。

今回チョイスしたのは、ハ●●クール●×●の巨乳二大お姉様ヒロインお二人だ。

セイラー服を着た悪魔の姫であるお姉様を左門戸にし、右門戸には巫女《みこ》の服を着た雷の巫女の二つ名を持つお姉様をチョイスする。

その二大巨乳お姉様はバトルモードで、厳しい目で来る者を睨《にら》み付け魔法を打つように構えているデザインにした。

大門の脇にある通常家臣などが通る背の丈ほどの小さな門には、ツンデレチッパイ猫娘を左門戸、右門戸には恥ずかしがりや吸血鬼男の娘を配置する。

今までの中でもかなり凝った装飾をしている門だ。

お初がいないから好き勝手に出来る。

作り始めると留守居役奉行として残っていた前田利家《まえだとしいえ》は笑っていた。

「私は若い頃傾《かぶ》いておりましたが、右府様には到底及びませんな、ははははっ」

前田利家は萌の理解者、加賀《かが》から連れてきていた職人を手伝いにと貸してくれた。

その職人によって下地が綺麗《きれい》に漆塗りになった。

流石《さすが》、加賀の漆職人だ。

手に入る異国の漆で日本と遜色ない塗りにするのだから。

しかも海城の為、厚塗りされた漆が錆《さび》を防いでくれる。

お江は俺の萌え萌え装飾お気に入りなのでレリーフの完成を楽しみにしている。

「マコ～、マコの描いた女の子のこの服、未来の服だよね？　うちの兵に採用したセーラー服と少し違くない？」

「お江、もっと静かな声で言ってよ」

「え～今はうちの側近しか周りにいないから平気だよ。マコの警護をする忍びはみんな知っているって。公然の秘密ってね。でもわかっているよ。夫であるマコの秘密を他ではべらべら話すつもりないから。ねぇ～マコ～それよりこの服を着たいから下絵描いてよ。桜子ちゃんに頼んで縫ってもらうからさぁ～」

　下絵にと試し書きしたブレザー制服姿の美少女達《たち》を見るお江、

「ううん。ブレザータイプの制服のかわいさがわかるか、なら作るよう桜子に頼もう」

桜子やその下で働く紅《くれない》常陸隊《ひたちたい》の者は裁縫も得意で、いつぞや作ったセーラー服など数日で完成してしまった。

お江はそれを何着か作らせ愛用している。

セーラー服とルーズソックス、俺はルーズソックスが大好き。

現実世界で廃れたのが悲しく作らせたら、お江が気に入ってくれたことと、足下の冷えを防ぐとしうちの学校生徒の間で人気になり定着した。

ルーズソックスが靴下として主流だ。

それはさておき、

「桜子、これ新しい制服として試しに作ってみて、取《と》り敢《あ》えずお江が着るサイズでね」

「はい、私の得意分野、任せて下さい」

ブレザー型制服も、俺が描いたイラストを忠実に再現して縫ってくれた。

ネイティブアメリカンから仕入れたという植物繊維の黄土色に近い布で作られたブレザーがなんともお洒落《しゃれ》制服学校味を出していて良い。

お江がそれを着てはしゃいでいるのがかわいかった。

短めに作らせたスカートからは時折、白いシルクのパンツが見える。

最高なりチラリズム。

桜子は小滝・ラララにも作ったので試着させたがなんだか違和感が強い。

「ん～小滝には似合うんだけどラララにはなんか似合っていない気がする……」

「御主人様、同じ物を作ったんですよって、ほんと不思議な違和感が漂ってきます。何でしょう？　このなんともいかがわしく感じる違和感は？」

ブレザー制服が何であるかを知らない桜子ですら違和感を抱くラララのブレザー制服JK姿。

しばらく見ながら考えているとボンキュッボンで背の高いラララはコスプレしている風俗店のお姉さん？　はたまたエロDVDのパッケージのお姉さんみたいだ。

年齢と言うより体型がそういう雰囲気を出しているみたいだった。

「御主人様？　これ制服採用します？」

桜子がラララの違和感溢《あふ》れる姿を見て聞いてきた。

すると、お江が、

「ねぇ～マコ～これ可愛《かわい》いけど動きにくい。もしもを考えたら紅常陸隊に着せるの良くないと思うよ。海に落ちたら泳ぎにくいもん」

紅常陸隊が平時に着ているセーラー服は元々は水兵の服として軍に採用された。

うちの水軍兵士男女問わず通常時の制服として採用している。

下はズボン型、スカート型を自由に選べる。

襟は立てれば集音になるし、スカーフは万が一の際に血止めに使える機能性に優れた服なのを忘れていた。

元々なぜにセーラー服が女子中高生の制服に採用されたのか経緯は知らないが、まあ実用的なので良いだろう。

「ブレザーは泳ぎにくいか？」

「うん、刀振りかぶるのにも肩が邪魔～」

と言って、お江は小太刀を抜き素振りをして見せてくれた。

「御主人様、この服は給仕をする者達に着せてはいかがでしょうか？　その、胸のあたりが隠れてよろしいかと」

ラララとお江の大きな胸がしまわれているのを見て、桜子《さくらこ》が提案してくれた。

「そうだね、異国から来客が来た時にお茶出しするような者に着せようか？　せっかく作ったし」

「はい」

「あの～これ脱いで良いでありんすか？　胸キツくて肩こるでありんすよ」

ラララが首をグリグリと回して言う。

ラララは通訳として異国人がいる場に同席するからビシッとした服を着て欲しいのだが、着物を着崩し肩が大きく出ているのがいつものスタイルだ。

「桜子、ララのサイズに合わせて黒坂《くろさか》家御用の文字刺繍《ししゅう》入りアロハシャツを縫ってあげて」

　頼むと、すぐに意図をくみ取り、はははははっと笑っていた。

「あの～私はこれ着ていて良いでしたか？　右大臣様」

　小滝《こたき》が少し申し訳なさそうに右手を挙げ言う。

「気に入ったんなら別に構わないけど動きにくくない？」

「私はその～刀を振ったりはしないので。ただ、脱ぎ着が出来ると患者の血しぶき浴びたときに着替えやすくて」

「なるほど、平時にまで白衣着てないから突然の時に良いか？」

「はいです。体冷えた者に上着を着せることも出来ますでした」

「ブレザーに用途を見出《みいだ》すか、うん、わかった。従来のセーラー服に加えてブレザー制服も紅常陸隊の正装として採用する。それぞれ動きやすい服を着るように命じて」

「私は良いでありんすよね？」

「ララはアロハシャツを上からはおってその肩むき出しを隠すこと」

「は～いでありんす」

　セーラー服に加えて、ブレザー制服も紅常陸隊の正装として採用するとそれぞれ好きな物を選んでいた。

◇◆◇◆◇

門の他にも城の装飾を指示する。

同じく吸血鬼系ヒロインをと考え、ロザ●オとバ●パイアを採用した。

吸血鬼姫・サキュバス・雪女を大広間の装飾に加えた。

「お江、パナマ道路にお初よりお江が親しい家臣出しといて、お初がこちらに向かって来たらすぐに知らせるように」

「うん、わかった」

お江はニコニコしながら自分の部隊・漆黒常陸隊に指示を出していた。

萌《も》え萌《も》え魔改造はお初が帰ってくるまで続けた。

もちろん通常の城の工事も真田《さなだ》幸村《ゆきむら》差配で進めさせて堅牢《けんろう》な城を完成させた。

特に海から来る敵に死角なしで砲撃できる稜堡《りょうほ》式城塞だ。

◇◆◇◆◇

《お初《はつ》と弥美《やみ》とファナ》

真琴《まこと》様の側《そば》から離れることに若干不安はある。

警護の事、側室の事、城の装飾のこと。

警護はお江《ごう》の漆黒常陸隊がいればなんとかなるし、城普請で忙しい真琴様、なんだかんだと言って女子《おなご》には優しく真面目な応対で手籠めなんてする事はない真琴様だから側室の事は大丈夫なはずだけど城の装飾……。

考えると頭が痛くなる、目の前ではピラコチャの伝承を美少女化して漫画と呼ばれる絵物語にしている弥美……。

「ねぇ～なんで美少女なのよ！　一応真琴様がピラコチャの化身として通しているのよ？」

「えぇ～だって可愛くないじゃないですかぁ～きゃははっ」

「いや可愛いか可愛くないかのまえにっ」

「やっぱりぃ～物語は可愛さが大切ですよぉ～邪魔しないで下さいぃ～」

弥美に船室から追い出されてしまった。

はぁ～毒されてしまった弥美に期待するのが間違いなのだろうけど。

弥美と意気投合した大洗《おおあらい》黒江《くろえ》が「ぐふぇふぇふぇふぇふぇふぇ」と助手をしている部

屋をあとにした。

甲板に出て波の様子を見ていると、

「お方様、この辺りが先の海戦で神峰《かみね》が沈んだ場所に近いかと、大殿様よりこれを預かっております。海にと」

そう手渡されたのはシルクで作られた菊の花を模《かたど》った造花だった。

桜子達裁縫など細かな作業を得意とする者に頼んだのだろう。

そう言う優しさが好きなのがなんか悔しい。死んでいった家臣達を忘れない心。

「私が海に投げ入れるわ。それに合わせて空砲と経を唱えられる者に供養の経を」

「はっ、では仕度を」

私は今出て来たばかりの弥美の部屋に向かう。

「えぇ～部屋からなんで出ないと駄目なんですかぁ～めんどくさいですぅ～」

「先の戦いで死んでいった仲間への供養を皆でするからよ。四の五の言わずに甲板に
……」

「あっ、ごめんなさい。それはとても大切ですぅ」

弥美と黒江も身なりを整えて甲板に出た。

穏やかな波、甲板に整列した兵士達は脱帽した。

「真琴様が託した東住麻帆《とうずみまほ》達への気持ちです。貴方《あなた》たちをずっと忘れることがないという

気持ちを受け取り安らかに眠りなさい」

私が花束を海に投げ入れると、空砲が静かな海に向かって撃たれ、僧籍を持つ家臣によってお経が唱えられた。

すると、お経が終わるまで波音が一切しない奇跡と呼ぶべき時間が流れた。

「さっ、供養はここまで皆持ち場に戻って、あと少しでパナマよ」

その場から約1日西に進んで、お江配下漆黒常陸組頭が城代としてマヤ帝国の兵と守る港城から上陸して太平洋に出る。

そして北中南米を結んでいる森蘭丸《もりらんまる》指揮下の高速輸送連絡船でプナ島城港へ入港、馬車に揺られてグアヤキル城を経てクスコに入城する。

「なんでよ～」

私は門を見て大声で叫んでしまった。

弥美と黒江は後ろで首をかしげ、真壁氏幹《まかべうじもと》はあたかも当たり前の門であるかのようにそれを見てもピクリとも表情を変えず、

『インカ帝国執政代理、お初様である。門を開けられたし』

慣れたインカのケチュア語で言うが、

「すぐにあけます」

流暢《りゅうちょう》な日本語で返答された。

真壁氏幹はそちらのほうに驚く。

世界共通語として日本語がなるだろうと真琴様が言っていた事があるので、私は驚きより感心だった。

「おぉ～お初の方様、お久しぶりでございます。あの一件で大変心配していたのですが」

出迎えたのは紺色に水玉模様の陣羽織を着た伊達政宗《だてまさむね》だった。

「挨拶はあとよ。それよりここの門はなんなのよ！　ここには真琴様は指示出してなかったはずよ？　築城整備の指示は出していたけど」

「えぇ、ですから常陸《ひたち》の学校を出てうちの藩で雇った職人に右大臣様お好みの萌美少女を彫らせましたがいかがいたしました？　一応、インカの文化を尊重して衣服はインカの物といたしましたが、ぱんつと言われましたかな？　腰巻き？　それを少し覗《のぞ》かせるのが右大臣様のお好みだと聞き及んだので任せて作らせたのですが」

極々平然と言う伊達政宗に私は頭を抱えてその場に座り込んでしまった。

「お方様いかがなさいました」

「あぁ、気にしなくて良いですよぉ～」

背中側から私の両脇に手をスッと入れて怪力で立たせる弥美、

黒江はと言うと、

「ぐふぇふぇふぇふぇふぇふぇふぇ、パンツ丸見え女の子、ぐふぇふぇふぇふぇふぇふぇふぇ」

と、門を見ながら笑っている。

門の女の子、確か真琴様が読んでいらした物語に登場する真琴様と同じく絵を得意とした女の子『沙霧』とか言う名の子だったはず。

茨城城で掛け軸にしていたのを見たことがあったが、伊達政宗の手に渡っていたのね？

その子が振り向いて門の前に立つ者を威嚇するかのような目線で見ている。

左甚五郎《ひだりじんごろう》に及ばないものの、その視線の角度は確かに門前の者を睨《にら》み、通ろうとする者には微笑《ほほえ》みに見える角度で表情が変わる凝った彫刻。

「なんなんですか？　カタクラがすぐに門にって慌ててって、あっ、オハツ様～」

突如駆け寄ってきたインカ帝国皇帝ファナ・ピルコワコは、

「えっ？　門？　なんなんですか？って？　良いでしょ？　ボクも気に入ってるんですよ」

ニコニコと満面の笑み、そう言えばファナも萌の理解者になっていたのよね。

言葉を失いかけたときに、ピューマと呼ばれる猫を巨大にした生き物の背に乗り現れた子、

「えっ？　もしかして須佐《すさ》？」

母親は違えど面影は武丸達《たけまるたち》と同じくすぐに真琴様の子だとわかる顔立ち。

「スサ、ご挨拶は、あっ」

ピューマは須佐を乗せたまま城の塀にひとっ飛び、須佐と共にどこかへ走って行った。

「？　大丈夫なの？」

肉食で人の子もたまに捕まって食べられると聞く生き物と須佐、念《ねん》の為《ため》に聞くと、案の定須佐と一緒に育てられたとのことで、兄弟のように懐いていて大丈夫だと言う。

ファナと伊達政宗は苦笑いを見せ極々当たり前の日常と言う顔をしていた。

武丸も経津丸《ふつまる》も真琴様が送った動物を手懐《てなず》けて背に乗っていたが、須佐も同じく手懐けたのでしょう。

「お初様、取《と》り敢《あ》えず城の中で」

案内されるとホッとする。

萌美少女装飾は門だけで、インカの彫刻が施された石造りの本殿に通された。

伊達政宗は軍議があるそうでそちらに行き、ファナが案内をしてくれた。

「なんなんですか？　なんか安心したかのようなため息を吐《つ》いて？　あ〜装飾？　ヒタチ様はインカの文明復活を願っていたので作り手の教育にとこの本殿を作りました。他もこの様にしているんですよ」

円卓に座ると、温かなココアが運ばれてきたので、それを飲みながら談笑を続けた。

今日のココアには琉球《りゆうきゆう》から届いたという黒糖入りで飲みやすい。

こういう所で日本との交易が活発になっているのを感じた。

真琴様の政策が根付き始めている。

談笑のあと旅の疲れもあるだろうからと風呂を勧められ入ると、

「だから～なんでこういう所は真琴様に毒されているのよ～」

萌美少女石像の股間から温泉が出てくる浴槽に私は再び頭痛を感じた。

萌文化が定着し過ぎないよう目を光らせるために滞在を決意した。

◇◆◇◆◇

《お初とファナと須佐》

「ごめんなさい、おもてなししたいのに熱なんか出してしまって……何なんでしょボク」

ファナ・ピルコワコが熱を出して倒れてしまった。

「私達が来た事で張り詰めていた気が緩んだのでしょう。むしろ私達がいるときに倒れたのが不幸中の幸い、私の家臣紅常陸隊には優れた薬師もいますし、薬も持ってきていますからね」

「ボクそんなに気を張っていたつもりなかったのに……」

小《こ》糸《いと》小《こ》滝《たき》姉妹の弟子で紅常陸隊薬師の見立てでは疲れから来る熱で、数日、滋養強壮の漢方と安眠効果のある漢方を飲んで休んでいれば治るはずとのこと。

流行病《はやりやまい》でなくホッとした。

診察が終わり、調合された薬を飲ませていると部屋の戸の隙間から不安そうな表情でベッドで横になるファナ・ピルコワコを見ている須佐の視線に気が付く。

「スサ、おいで」

ファナが呼ぶと走り寄ってきた。

「ははうえ　だいじ？」（だいじ＝大丈夫・茨城弁）

「ええ、だいじよ、ただ薬を飲んだので眠いの、スサ、ハハは寝ますね。その間、オハツ様、ヤミさんがスサのハハです。前々から言っていますよね？　父上ヒタチ様の嫁は子達にとってはみんながハハだと、オハツ様もスサのハハです。ヤミさんも」

「うん　でも……」

私は後ろから須佐を抱き上げて、

「須佐、黒坂《くろさか》家の子はみんな平等に接すると家族の決まりなのよ、安心しなさい。しかし、肝が据わっているわね。普通の子なら私に抱かれたら泣くのに」

「オハツ様、スサはヒタチ様の子ですから」

「ははははっ、なんかそれは納得する一番の言葉かも知れないわね。私達が見てるからファナは安心して休みなさい」

ファナに言った言葉なのにそれを理解したのか須佐がコクリと頷《うなず》いた。

「はい、本当に眠くなってきたのでそろそろ……」

薬師にファナの看病を任せて部屋を出ると、部屋の外で待っていた須佐の相棒ピューマが私を威嚇してうなり声を出した。

「めっ　はつさま　かぞく　ハハさまだからだめっ」

須佐が一言注意するとピューマは威嚇をすぐにやめた。

動物を意のままに操る、ふふふふっ、武丸達に似ているわねと感じ一人にやけていると、須佐は私のにやけた顔がおかしかったのか、小さな手でペシペシと軽く叩《たた》いてきた。

「こら、人の顔を叩かないの」

「ごめんなさい」

「素直でよろしい、さて、ファナにはああ言ったけど私も執務があるから、私達の部屋で一人遊んでいられる？」

「うん」

頷く須佐、

「弥美《やみ》もいるしなんとかなるでしょ」

執務室に連れて行くと須佐は常陸に住む姉上様から送られてくる品々の一つ日本製鞠《まり》を床に転がしピューマと静かに遊んだ。

姉上様、鞠お気に入りみたいですよ。

あとで手紙を書こうと決め、山積みにされた報告書に私はため息が出てしまった。

「はぁ～真琴《まこと》様や姉上様はこういう執務をこなしているんだから私も頑張らないと」

◇◆◇◆◇

《弥美と須佐》

意外にも多くの仕事がインカ帝国にはあった。

物見遊山のつもりだったのに。

世界を敵にし、忙しい常陸様に代わって伊達政宗様がインカ帝国再建に黒坂流政治を採用し、農業改革・教育改革・医療改革・建築改革・鉱山開発・軍事改革を進めておりそれらが問題ないかの確認作業、お初《はつ》様はそれらの事柄全てに問題がないか報告書や帳面を確認する作業に追われている。

私も手伝わされているが正直苦手だ。

「はぁ～肩が凝る、こういう政事は姉上様のが得意で私は武術が得意なのに……ちょっと弥美、しっかり報告書確認しなさい。あっ、そう言えば弥美は農業改革には触れていたはずよね？」

「きゃはっ、父上が常陸様のぉ～農業改革を取り入れてぇ～領地の小笠原《おがさわら》の島々に推奨してましたからぁ～手伝わされましたぁ」

「だったら、少し畑を見回ってきなさい！　段々畑石垣作りの人足費用がかなり出されているからそれらが本当に作られているのかの確認よ」

「えぇ～めんどくさいですぅ～」

「四の五の言わない、怠けているなら尻が腫れて座れなくくらい叩くわよ」

「それは嫌ですぅ」

私達にあてがわれた広い執務室で黒い化け猫と鞠で遊んでいた須佐が、私のスカートの裾をチョンチョンと引っ張り、

「いっしょ　いく」

まだたどたどしい覚えたての言葉で誘ってきた。

「お初様ぁ～須佐が一緒にって言っているけど良いですかぁ～」

「そうね、ファナが疲れで熱出して休んでいるから暇なのでしょう。このクスコ周辺はインカ帝国の統治が進んでいると報告されています。護衛付きなら問題ないはず」

「ならぁ～散歩程度の見回りで良いですよねぇ～？」

「……はぁ～そうね、って須佐を出しに使って怠けようとしてない？」

「気のせいですよぉ～きゃはははっ」

私は須佐と裏柳生《うらやぎゅう》と呼ばれる真壁氏幹《まかべうじもと》の家臣4人とクスコを取り囲む石垣の外で開墾が進められている場所を見に行く。

「きゃはっ、須佐～いつも一緒なのその猫？」

ピューマと呼ばれるらしい大きな黒猫に乗る須佐に聞くとコクリと頷いた。

ファナから聞いているが、親とはぐれていた生まれたばかりのピューマを須佐と共に育てたら家臣のように親密になり背に乗せてくれ、以心伝心で言うこともよく聞いてくれるらしい。

「良いなぁ～私も乗りたいなぁ～」

「やみハハ　おもい　むり」

「辛辣ぅ～きゃはははっ」

須佐と共にお話をしながら周辺の畑を見ると、地面が大きく掘られ、石垣が組まれた円《えん》錐《すい》状の棚畑がいくつも作られていた。

「これかぁ～お金が使われている畑は！　あっ、指南書、指南書……」

背負っていた鞄《かばん》から常陸《ひたち》様が書いた農業改革の指南書を出して確認するとそれは『モライ』と呼ばれる畑で、わざと高低差を付けることで上と下の温度と日当たりの差、そして地中にする事で風を受けにくくし、また石垣が日中温められ霜対策になっているらしい、滅ぼされる前のインカ帝国で実験的に進められていたらしい農業技術と記されていた。

よく見れば段ごとに違う作物が植えられ、一番下では水が張られ水田になっている。

案内役が言うには日本人向けに好みに合うだろうと日本から送られてきた種籾《たねもみ》を使って米が作られているそうだ。

富士山とほぼ同じ高さの地での農耕技術は逆に学ぶことが多かった。

ただ、黒坂流農業改革が無駄ではなく、穀物多品種栽培で飢饉《ききん》を防ぐと言うのは取り入れられ米・麦・トウモロコシ・蕎麦《そば》・じゃが芋・稗《ひえ》・粟《あわ》は優先して栽培されていると言う。

案内役がそれのおかげで食に困ることがなくなったと常陸様の事をピラコチャ様だとありがたがっている。

「須佐《すさ》の父上様、凄《すご》いでしょ？　ここにいなくてもありがたがられている。知識を広めることで崇拝されているかのようになってる」

須佐がコクリと頷き顔を上げると目尻に涙が溜《た》まっていた。

「ちちうえ　あいたい……」

悲しい目をさせてしまった。

「きゃはっ、な〜にしょんぼりしちゃってぇ〜、うりうりうりうり」

須佐の柔らかいほっぺに優しく人差し指を刺しながら、

「大丈夫、元気で生きてさえいれば必ず会えるから。父上様は須佐やファナの事、気にかけているんだから絶対ここに来るわよ。きゃはっ、だから暗い顔をしない！　いっぱい食べていっぱい武術の稽古をして体を鍛えていればきっと会えるよ」

「ほんと？」

「弥美は～嘘《うそ》つかないよ」

「……」

「なによぉ～その疑いの目は……」

須佐をかまっていると黒い物体が飛んでくる、突如抜刀してその何かを斬り落とす護衛、

「お方様、石が投げられたようです、ご注意を」

すぐに鎖鎌を構え、須佐を背で守る体勢を取る。

それを家臣達《たち》が円陣で囲む。

「なに！」

『おりゃ～、ジパングもイスパニアと同じだ！　どうせ搾取するんだろ！』

鉈《なた》のような物を振り上げて走ってくる若者に、護衛が銃を向けたが止《や》めさせる。

「待ちなさい！」

右手で回し勢いを付けていた鎖鎌の分銅で、その若者の鉈を弾《はじ》き落とし、私は一足飛びして間合いを縮め腕と胴体を一緒に鎖で巻いた。

その若者は体勢を崩して地面に倒れた。

『くそ〜殺せ！』

『あなた、私達が誰だかわかっていて襲いかかってきたのね？』

インカ語で言うと、

『当たり前だ！　皇子を皇帝に据えたらファナ陛下を殺していいように統治するんだろ！　ジパングの宰相だってイスパニア帝国と同じ事をするんだろ！』

『誤解ね、常陸様は統治する気なんてさらさらないのに……』

案内役が言うには完全に教えが広まっているわけではなく、たまに誤解している者がいるそうでそう言う者が日本人と判断すると追い出すために今みたいな行動をとると言う。

案内する前に先触れを出すべきだったと謝られた。

鎖を外そうともがいているが逆に鎖が食い込んで身動きが段々取れなくなっている若者を須佐は悲しそうな目で見て、私の顔をチラチラと見てくる。

「お方様、いかが致しますか？　城に引き連れてお初の方様の裁可を仰ぐのが一番かと。法度に照らし合わせれば斬首相当と思われますが」

「そうね……」

『どうかお許しを、その若造はこちらで罰しますからお許しを』

老人が走り寄ってきて、聞いていないのに事情を説明し始めた。

なんでも代々皇帝に仕えていた家系とのことだったが、イスパニア帝国によって殺され若者一人残り、それを老人が引き取り育てていたという。

本当は心優しく、大きくなったら皇帝に仕えたいと体を鍛えていると語った。

『どうかこれでお許しを』

懐から麻袋を取り出し、中を拡《ひろ》げて見せた。

中には金銀の小粒と宝石が入っている。

『それはしまって、買収なんてバレたら私がお初様の剣の錆《さび》になっちゃう……』

「やみ　ゆるしてあげて」

須佐がスカートの裾を引っ張り言ってくる。

『皇子様の声が聞けるなんて……』

若者は地面に倒れているというのに、さらに額を地面に擦《こす》り付けて言う。

「やみ？」

しばらく考え、

「ここはインカ帝国、私はこの国ではお初様と違って官位官職、それに正式な役職にも就いていないわ。なら、これは平民同士の喧嘩《けんか》、喧嘩は先に殴りかかって来た方を禁錮刑にするのがインカ帝国執政であり須佐の父、常陸様が出した法度。この者はこの村の代官に引き渡し、そのように手配を致しなさい。禁錮……いや、学校で勉学をする禁錮刑にね、きゃはっ私らしくない真面目に言っちゃった。それで良い？　須佐？」

「うん　べんきょうだいじ　ちちうえのこと　しれば　きっとすきになる」

須佐が頑張って話すと、斬りかかってきた若者を庇《かば》おうとした老人が大粒の涙を流しながら、

『寛大な罰ありがとうございます。ほら、お前も礼を』

『皇子が仰《おっしゃ》るなら学んでみます……』

「お方様、殿下、人が集まってきます。騒ぎになる前に帰りましょう」

「きゃはっ、そうね、じゃっ、そう言うことで、きゃはははっ」

後の事は護衛の一人と案内役に任せ、須佐と共に走って城に帰った。

「巡察での出来事は聞きましたよ。大事に至らず良かった」

「きゃははははっ、口止めするの忘れてた、てへぺろ」

「口止めしたって彼らは私の家臣、隠しませんよ」

「お初様、弥美《やみ》、間違ってました？」

「いいえ、誤解から生まれた争い事を上手《うま》く収めたと私は感心しています」

「きゃはははっ、お初様に褒められた。うげっ痛い！　なんで扇子で刺すんですかぁ」

私の脇腹をグリグリと鉄扇で軽く刺してくるお初様は、はぁ～っとため息を吐《つ》くと、

「褒めると調子に乗るからですよ。まっ、それはいつもの事として、その様に誤解で真琴

様をイスパニア帝国と一緒にされては困りますね。もっと学校を増やして学ぶ機会を増やすよう手配致しましょう。真琴《まこと》様はこの国を支配する気などさらさらない。大きな海を挟んで日本列島の対岸に位置するこの国と仲良くし、お互い発展することで様々な事を補う構想をしているのですから」

ジッと大人しく私のスカートの裾を摑《つか》みながら聞いていた須佐はコクリと頷《うなず》く。

この年齢で今の話を理解する聡明さ、流石《さすが》常陸様と皇帝のファナ・ピルコワコの血を引くだけのことはあると感心した。

「須佐、一段落したら須佐のお勉強は私が見てあげますからね」

お初《はつ》様が言うと、須佐は私の後ろに隠れて、

「やみがいい」

小さな声で呟《つぶや》いた。

「はははははっ、弥美、どうやら懐かれたようですね？　まぁ〜変な絵は禁止として勉学見てあげなさい」

「きゃはははははっ、は〜い」

私は滞在していた間、須佐の養育係として読み書きを教え見てあげた。

鎖鎌術は教えていないのに須佐が竹刀の革製柄尻《えじり》にお手玉風の重しが付けられた麻縄を括《くく》り振り回して遊んでいるのに剣を教えようとしていた真壁氏幹は戸惑っていた。

「この様な得物は拙者には……」

私の鎖鎌に興味を持ってしまうとはなんとも可愛《かわい》らしい子、きゃははははっ。

◇◆◇◆◇

マイアミ城萌《もえ》改造は急ピッチで事を進めた。

間違いなくお初がバチカンの使者より先に帰ってくるだろう、その前にお初が文句を言っても、どうすることもできないレベルにしたい。

「マコ~私の家臣から姉上様が帰り仕度始めてるって伝令が来たよ」

「うっ、それはまずい、完成を急がせねば」

俺も彩色筆を手に取り職人達とともに汗を流した。

そのおかげか約2ヶ月半で完成にこぎ着け、マイアミ城大手門『萌美少女妖魔大門』落成式を行っている間の悪いところにお初が帰ってきてしまった。

「お初、お帰り……」

「ただいま帰りました。なにをしていたのです？　あぁ~門の完成を祝っていたのですか？　そんな事より増えた側室はどの者ですか？」

腕を組んで睨《にら》んでくるお初の第一声だった。

「ん？　側室？　増えていないけど？」

怒りの言葉より側室の話が出たので、

「あれ？　門の事で怒らないの？」

続けて聞いてしまうと、

「もう、こうなることぐらい予想は出来ていましたよ。何らかの装飾はするだろう事は、で？　側室は本当に増えなかったのですか？」

「本当に嫁達以外抱いてないよ、ね、桜子《さくらこ》？」

桜子に目線を向けると、微笑《ほほえ》みながら、

「えぇ、毎夜の伽《とぎ》は交代で私達が務めていましたし、昼間はお江《ごう》様や鉈術を究めた梅子《うめこ》も護衛に付いていたので目を離した事はございませんでした」

「え？　本当に増えていない？　まさか？」

お初にとっては側室が増えなかったのが意外すぎたみたいだ。

「姉上様、マコね～毎日城の装飾と、兵士の服の監修で大忙しでそれどころではなかったんだよ。だから、側室は本当に増えていないよ」

お江がケラケラ笑うし、梅子は腰にぶら下げている鉈を見せコクコク頷いていた。

「本当に夜伽は私たちだけの交代制でしたから間違いないかとでした」

小滝《こたき》も続けて言う。

「わちきもちゃんと見張っていたでありんす」

ラララも言うとお初は、

「あはははははは、萌を作るのに集中しすぎて新しい側室を作る暇がなかった？　あはははははっ、なんか凄《すご》い笑えるんですけど〜」

珍しく豪快に笑っていた。

限られた時間でマイアミ城の萌化に集中していたので、俺の大好きな褐色肌のネイティブアメリカンの美少女と出会う機会はなかった。

それ程忙しい日々だった。

「萌装飾の事は怒らないんだ？」

「もう慣れましたよ。それにこの中々凝った装飾には意味はなんか有るのでしょ？」

腰の鉄扇を抜いて、それで指した。

「伴天連《ばてれん》の神に仕える者への当てつけ。魔女狩りとかをする宗教に対する当てつけだよ。この魔女みたいな萌美少女達を城のレリーフにすることで魔女狩りは許さないとの俺からの警告の意味を込めているのだけどね。わからないだろうなぁ」

「はい、わからないと思いますよ。その魔女狩りと言う言葉の説明をしてください、真琴様」

少し冷めた口調で言うお初。

「魔女狩り、バチカンは神の名の下にあらぬ疑いをかけ多くの人を殺すんだよ。いや殺しているんだよ。今も。単純に日本で置き換えるなら俺みたいな陰陽の力なんて言うのは完全に異端者、悪魔なんだよ。少しでもその疑いがある者は拷問して殺す、それが魔女狩り。また、科学からも目を背けバチカンの意にそぐわない事を言う者は殺すんだよ。俺はその保護者になり、そう言う弾圧の監視者にゆくゆくはなりたいと思っている」

「そうですか、政だけでなくその様な事にまで口を出し弾圧するのですか？　恐ろしいことですね。まあ、この装飾を見てその意図がわかる者などその神を信じてすらいない気が致しますが、その様な意味があるなら私はこれ以上何かを言うのはやめましょう」

大きなため息を吐いたあと自室に着替えに入っていった。

その後、お初からファナ・ピルコワコと須佐《すさ》が健やかで、首都クスコ復興に励んでいること、グアヤキル城に伊達政宗《だてまさむね》が入り、手伝っていることを聞かされた。

インカ帝国はいずれ繁栄を取り戻すだろうとお初は語っていた。

◇◆◇◆◇

1600年12月

バチカンの使者ルイス・ソテロが帰って返答期限の3ヶ月どころか6ヶ月が過ぎようとしていた。

マイアミ城の広間に前田利家《まえだとしいえ》・蒲生氏郷《がもううじさと》・前田慶次《けいじ》・真田幸村《さなだゆきむら》・柳生宗矩《やぎゆうむねのり》・お初を集める。

佐々木小次郎《ささきこじろう》と真壁氏幹《まかべうじもと》は近隣海域の巡回の役目を与えているためこの評定の場には不在。

「バチカンの返答が約束の期日を過ぎた。よって、オスマントルコの商人を通して宣戦布告書を送り開戦とする。信長《のぶなが》様がこちらに帰ってこないという事はすべてを任せるという事と判断するが良いな」

俺が言うと前田利家が、

「はっ、外国政策はすべて常陸《ひたち》様に任せていると私も聞いているので大丈夫でしょう。砲弾、火薬、兵、船、兵糧の準備も万端、そろそろ攻め時かと」

前田利家の言葉に皆同意の頷きをする。

「開戦はよろしいのですが、常陸様には後方待機で指揮はこの蒲生氏郷にお任せいただけないでしょうか？」

蒲生氏郷が俺の目を見つめ言った。

「俺が先に出るのはやはり駄目か？」

前回の大失敗がある。

その失敗を再びするのではと疑っているのか？

「駄目というわけではありません。ただ常陸様は総大将として前に出すぎなのです。総大将は後ろで指示を出すべきもの、そして、窮地には逃げる。それが総大将」

「うん、その逃げる覚悟は前回なかったが今は違う。俺には俺にしかない知識がある。俺の命を守るのではなく、その知識を守る覚悟は決めた。年老い死が訪れる日までこの知識を使い続け人々の暮らしを豊かにすると。その為《ため》に生き抜くとは俺は決めた」

「そのように強く決意をされたなら安心です。この氏郷の言葉、忘れて下さい」

蒲生氏郷はその後の言葉を続けなかった。

「大丈夫だよ～、もしもの時には私が縛り付けてでも逃げさせるから～、小滝特製しびれ薬を作らせ日頃携帯してるから吹き矢で」

お江、小滝になんていう物を作らせてるんだよ。

小滝、そんじょそこらの薬師より知識を持っているくらいにまで成長してしまっているし、インカ帝国からもなんか薬草を手に入れているみたいだし、コカとか使わないよね？　大丈夫だよね？　酩酊《めいてい》状態にする薬、お江に渡していないよね？

「ごほんっ、俺の事は後回しで良いとして、反対する意見はないようなので、先ほど言ったように宣戦布告書をオスマントルコ帝国から来ている商人に渡し年明け2月を待ってヨーロッパ諸国と開戦する。準備滞りなく進めてくれ」

「はっ、かしこまりました」

『宣戦布告通知書

貴国は我が国の王の息子であり、友好的使者であったはずの何の罪もない織田信雄《おだのぶかつ》を磔《はりつけ》にした。

貴国は他国を滅亡に追いやる侵略をした。

貴国は他国の財産を我が物にしようと殺戮《さつりく》を繰り返した。

貴国は他国に文化の押しつけをし、伝統ある文化を消そうとした。

日本国はこれまでの罪の処罰にイスパニア帝国皇帝フィリッペⅡ世、高山右近《たかやまうこん》の首を渡すことを条件に和睦、話し合いの準備はしていたが3ヶ月たっても返答はなかった。よって、これまでの罪を日本国が虐げられた国々に成り代わり罰する。

1601年2月1日を以《もっ》て開戦とする。

日本国外交総取締役
平《たいらの》朝臣《あそん》右大臣黒坂常陸守《くろさかひたちのかみ》真琴《まこと》』

◇◆◇◆◇

結局、オスマントルコ帝国商人に頼んだヨーロッパ諸国への宣戦布告書の返事はなかった。

しかし、一通の小さな小さなメモ紙のような手紙を商人が届けてくれた。

イタリア語で書かれていた。

「げっ、読めない」

「えぇ〜読めないんですかぁ〜私が読んであげますよ」

弥美《やみ》が意外にもイタリア語を読んでくれ、

「《あなたは地球が回っていると知っているのか?》って書かれていますよ、きゃはっ常陸様の知識が伝わったみたいですねぇ」

短い手紙。

「差出人の名前、書いてないの?」

「ん〜ないみたいですよぉ〜きゃはっおっちょこちょいですねぇ〜」

差出人も不明の手紙。

オスマントルコ帝国商人も船出の際、日本国の宰相に渡してくれと頼まれただけとのこと。

察しは付くが推測で名前を出すのはやめておこう。

俺は今これからの戦に集中すべき時、倒さないとならないのはイスパニア帝国を主軸とした大連合軍だ。

そして、その先にバチカンが待ち構えている。

バチカンは倒すと言うより、間違いを正す相手。

魔女狩りや天動説を代表とする科学に対する間違い。

天動説に異を唱えただけで裁判と呼べないような裁判で死刑を言い渡す間違いを正さなければならない。

多くの罪のない民衆を殺す魔女裁判、多くの科学者を死刑にするような悪行を止《や》めさせる。

さらに21世紀まで続いてしまう宗教間戦争を起こさせないために何かを考えだし、楔《くさび》を打ち込まなければならない。

9・11事件のようなことはあってはならないし、何十年も続いている聖地を巡っての争いを起こさせないための礎を築きたい。

それだけの事を成し遂げるための軍事力を持ってしまった日本国はその管理者になるべきなのだ。

そして、その軍隊を作ってしまった俺の役目なのではないか？

この一枚のメモのような手紙。

おそらく、俺に接触をしたいのだろう。

助けて欲しいのだろう。

研究の援助をして欲しいのだろう。

科学的根拠から導き出した正解を声高に叫びたいのだろう。

待っていろ、今、俺は行くぞ。

1601年1月30日

「東住美帆《とうずみみほ》、Champion of the sea KASHIMA号の船長の任を一時解く、副船長柳生利厳を船長とする」

「やはり女子《おなご》の私では力不足でしたか？」

出港ギリギリで悩んだ末の決断。

「馬鹿ねぇ〜これからの戦いに貴方《あなた》が武甕槌《たけみかづち》に必要だから任を解いたのよ。美帆、貴方のように迅速かつ的確に命令を合図出来る人が総大将が乗り指示を出す武甕槌には必要なのよ」

「あぁそう言うことだ。今回の味方の船は多い。ちゃんと指示を出せないと有象無象の船団になってしまう。美帆、難しい指示を次々に出すことが想定されるから頼んだぞ」

「そう言うことなら、任されました」

少し残念そうにうつむいていた東住美帆だったが、前を見てしっかりした返事をしてくれた。

マイアミ城に旧型南蛮型鉄甲船3隻を残し、

蒸気機関外輪式推進装置付機帆船型鉄甲船戦艦・4隻

新型南蛮型鉄甲船・30隻

高速輸送連絡船・15隻の船団でイスパニアに向けて出航した。

第三章　ヨーロッパ大陸上陸

1601年2月1日

大西洋ポルトガル沖約100キロの地点、ジブラルタル海峡を目指している俺の艦隊の前に150ほどの船団が見えてきた。

旗はいろいろ見える。

「イスパニア帝国を主軸とする同盟は崩れてはいなかったわけか、となればバチカンは他の国々に呼びかけることもしていないのだろうな」

「敵艦隊、近づいてきますですぅぅぅ」

望遠鏡で警戒をしていた大洗《おおあらい》良美《らみ》が叫んだ。

「戦闘開戦の不動明王の旗揚げよ、戦闘態勢に入れ、これより指揮は幸村に任せる」

「はっ、では陣形を取らせていただきます。美帆手旗で他の船にこれから言う指示を伝えてくれ」

「はい」

最大戦力である蒸気機関外輪式推進装置付機帆船型鉄甲船戦艦の先頭を二番艦・不動明

王・船長・柳生宗矩《やぎゅうむねのり》、その右後ろを三番艦・摩利支天・船長・前田慶次《まえだけいじ》、左後ろを四番艦・毘沙門天《びしゃもんてん》・船長・真壁氏幹《まかべうじもと》、三角になるよう配置、その後ろが俺が乗る旗艦・武甕槌となる。

新型南蛮型鉄甲船25隻をその後ろで横3列に広げた。

そして新型南蛮型鉄甲船5隻を護衛とし高速輸送連絡船15隻はずっと後ろに退避する形となる。

その後方艦隊の指揮官は蒲生氏郷《がもううじさと》だ。

主戦闘艦隊より蒲生氏郷を後ろに配置することで、主戦闘戦艦艦隊を囲まれるのを防ぐ陣形。

今回、前田利家《としいえ》はマイアミ城留守居役にしている。

もしもの時の逃げ込む場所を確実に守るために。

「敵艦隊、主砲射程距離に入りました」

大洗黒江《くろえ》が主砲の射程距離を計算している。

「よしわかった。狙い定め、前方主砲撃て」

真田幸村《さなだゆきむら》が軍配を振り下ろした。

4隻×6砲が開戦の初撃の火蓋を切った。

24砲の爆音に海は震える。

「13弾命中」

大洗黒江が望遠鏡を覗《のぞ》いて叫ぶ。

「このまま相手と距離を保ち砲撃を続ける。だが無駄玉は撃つな、しっかり狙って撃て」

真田幸村が望遠鏡で確認しながら言う。

他の戦艦にはその指示は手旗信号で伝えられる。

こちらは相手より射程距離が圧倒的に長い。

その優位性で砲撃する。

相手に突っ込む事などしない。

「砲撃準備完了」

アームストロング砲の状況が聞こえる。

「狙いが定まった砲は次々撃て」

24砲の爆音が再び大気と海面を震えさせた。

「18弾命中、敵戦艦爆発炎上してます。密集陣形が崩れバラバラになり出してます」

南蛮型鉄甲船25隻は3つのグループに分けてある。

Champion of the sea HITACHI号・船長・佐々木小次郎《ささきこじろう》・9隻
Champion of the sea TSUKUBA号・船長・猿飛佐助《さるとびさすけ》・8隻
Champion of the sea KASHIMA号・船長・柳生利厳・8隻

「佐々木小次郎隊、右側より包み込むように遠回りに前進。猿飛佐助隊、左側より同じく包み込むように前進。どちらも射程圏内に入り次第砲撃開始、蒸気機関船は後方より引き続き砲撃を続ける。柳生利厳は後方に回り込んで囲んで来る敵艦隊がいないか注意」

手旗信号で離れている船に伝言形式で伝達する。

1時間が過ぎようとしていた頃には敵艦隊を取り囲む陣形は完成した。

「これより殲滅《せんめつ》砲撃開始とする。他の船に一斉に砲撃するよう合図せよ」

そう真田幸村が言うと花火が頭上高く上がり、破裂、大きな音とともに赤い色の付いた煙が風に乗った。

すると取り囲んだ味方の船は次々とアームストロング砲を発射した。

連続する砲撃音、

「決まったわね、流石《さすが》に幸村、手慣れた指図したわね」

「確かに俺ならがむしゃらに突っ込んで砲撃してたか、前もやった丁字砲撃を選んでいたかな」

「丁字撃ちは確かに強力だけど、相手が多いと隙を突かれて船に突撃される船上戦になりそうよね、まぁ〜その時は私の腕の見せ所でしょうけど」

「私だって手伝いますよぉ〜」

じゃらじゃらと腰に下げている鎖鎌の鞘《さや》を取って意外にも言う弥美だった。

船上戦は起こらず勝敗はあっけなく決まった。

今回は最新鋭アームストロング砲の射程距離、そして、味方戦艦が多いことで後ろを取られるようなことはなかった。

純粋な戦艦同士の戦いなら負ける要素は極めて少ない。

陸への艦砲射撃で弾を少なくしてしまった前回とは少々違う。

そして、後方に退避している高速輸送連絡船には補給用も大量に積んである。

今回は同じ過ちを繰り返さないように準備万端だ。

「姉上様、仇《かたき》は取りました」

東住美帆は燃えさかる敵の船団を見つめ小声で一度そう言うと涙を襟のスカーフで押さえ、キリッとした顔に戻り、

「紅《くれない》常陸隊《ひたちたい》、手の空いている者は歩兵銃構え、いつでも発砲出来るようにしなさい。沈む船から逃げ泳ぎ、こちらに近づく者がいないかしっかり周り見て」

紅常陸隊の纏《まと》め役《やく》として指示をしっかりと出していた。

「真琴《まこと》様、出番なしだったわね」

「そうだね、幸村に任せて正解だったね、さて次の指示を出す。幸村、この印を付けた岬を目指して」

地図を見て指示を出した。

「はっ、しかと承りました」

目指す岬はジブラルタル湾入り口、サン・ヴィセンテ岬。

◇◆◇◆◇

「高山右近《たかやまうこん》！　なぜだなぜに我が軍の船は勝てぬ！」

「陛下、なんと申していいやら……」

「敵はもう目の前だぞ！　どうする！　高山？」

「船はもうなし、そうなると上陸を阻むだけかと」

「儂《わし》でもそんな事思いつくわ！　くそこうなれば上陸したところを援軍で迎え撃つ！　ハプスブルク家一丸となれば！」

◇◆◇◆◇

フィリッペⅡ世は迫り来る黒坂《くろさか》真琴の船団に怯《おび》え、ヨーロッパ諸国に援軍を求める手紙、使者をひたすら送り続ける生活が始まっていた。

ポルトガルの西端のロカ岬を狙うか悩んだが地中海入り口であり、ジブラルタル湾入り口ヨーロッパ大陸西の端・サン・ヴィセンテ岬と言う岬を占領する事を選んだ。

ヨーロッパ大陸最初の占領地として。

1601年2月5日

その岬が見えてくる。

岬そのものは犬吠埼《いぬぼうさき》の岬のように断崖絶壁だった。

相手も攻められることを想定していたようで砲台のある小さな砦《とりで》を石垣で作っている最中だった。

俺への返答をせず軍備を整えていた訳か。

「御大将、よろしいですね？」

「あぁ、幸村に一任する」

「では。皆の者、上陸戦を開始する。不動明王、摩利支天、毘沙門天、砲撃開始。相手の砲台を破壊した後、Champion of the sea HITACHI号小隊、南より上陸戦開始。Champion of the sea TSUKUBA号小隊、北より上陸戦開始。Champion of the sea KASHIMA号はジブラルタル海峡から出てくる敵船団に備えよ。蒲生氏郷殿の船には望遠鏡で見えるギリギリの後方で待機と手旗を」

船上では四方の味方に向かって慌ただしく手旗が振られた。

その指示を受け取った船は戦闘の証《あか》しに馬印が掲げられた。

「砦から撃ってきました」

「弾の行く先をしっかり見届けよ」

「はい、あっ、こちらに届く前に海に落ちてます」

「御大将、敵の大砲は届かないと思って良いですね？」

「あぁ、今までの海戦と変わらぬ大砲だろうと推測するが念《ねん》の為《ため》、距離を保って砲撃をしてくれ」

「はっ、砲撃を開始する。相手の砲台を先《ま》ずは狙って撃て」

幸村の合図ですぐに陸への艦砲射撃が始まる。

不動明王、摩利支天、毘沙門天の砲撃で相手の砲台は30分もしないうちに破壊されたようで届かなかったが撃ち続けていた敵の砲撃は止《や》んだ。

そして上陸戦の指示をされた船がどんどん接岸して兵達《たち》が船を下りて行く。

断崖絶壁、天然の要害だったが、その壁を物ともせずに登っていくうちの兵達、敵はそれに向けて火縄銃で応戦しているが、弾を弾《はじ》く甲冑《かっちゅう》、歯が立たないのがわかると、崖の上の兵は後ずさりを始め、敵の指揮官が逃げる仲間をサーベルで斬っている姿が望遠鏡で見えた。

「酷《ひど》い上司ね」

お初《はつ》はそう言って一際銃身が長く作られているリボルバー式歩兵銃を構え一発でその指揮官と思われる兵の頭を貫いた。

すると敵守備兵は次々に敗走し、リボルバー式歩兵銃を背中に背負いながら崖を登ったうちの兵によりあっけなく制圧、逃げ遅れた敵兵は降伏した。

「砦に佐々木小次郎様の馬印が掲げられました」

美帆《みほ》が指さし望遠鏡で見えた方向を教えてくれた。

俺も望遠鏡で確認すると確かに、大太刀を模した銀色の馬印が見える。

「よし、こちらも接岸上陸を開始する。気を引き締めよ」

「「「はい」」」

兵達が歩兵銃を構え、次々に亀甲船に乗り移り上陸し、船が接岸出来そうな場所で、当家の旗を大きく振っていた。

「では、我々も上陸するが、お江《ごう》と弥美《やみ》は船を守るため指示あるまで残れ」

「任せておいて」

お江は慣れているので、すぐに了承したが、弥美は、

「え〜一緒にいきたかったですぅぅぅ」

不満げな表情を見せた。

「弥美、鎖鎌は乱戦だと味方を巻き込みかねない。その鎖鎌の腕を上手《うま》く使い、潜って船に近づき上ってくるような者を仕留めてくれ」

「役目を与えられるなら仕方ないですねぇ～」

弥美は、のけ者にされた訳でないのを感じ取ってくれたのか、兜《かぶと》を被《かぶ》り直して鎖鎌をしっかり握っていた。

「はい、真琴様、兜」

「おう、ありがとうお初、ではヨーロッパ大陸第一歩行くか」

「はい」

俺は占領され味方が守る桟橋に降り立った。

「ヨーロッパ大陸到達かぁ～……」

「真琴様、今は感傷に浸ってないで、まだ戦いは続いていますからどこから狙い撃たれるかわからないので、佐々木小次郎が張った陣幕の中に入りますよ、ほら急いで」

お初に急《せ》かされ、佐々木小次郎が張った陣幕の中に引っ張られ入る。

陣幕の中では既に戦場用鉄板壁ドーム形小屋が建てられており、そこが本陣となっていた。

「御大将、もうしばらくここでお待ちを。砦の中を確認させております」

「あいわかった」

先に上陸した兵は石造りのサグレス要塞に逃げ込む敵兵のあとを追いかけなだれ込んでいた。

小屋の外では陣幕を貫く鉄砲の弾、地中にめり込んだ湯気が立つ熱い弾をお初が笄《こうがい》で掘り起こし手に取り俺に見せてきた。

「まだ丸い弾みたいですよ」

お初がそれを言うと同じくして、ドーム小屋外壁に何発か弾が当たりはじき返す金属音がした。

だが、貫けないようなので話を続ける。

「そりゃそうだよ。うちが使っている流線型はずっと後の技術なんだから、だいたいあの銃身の溝だって熟練の鍛冶師がいるから出来たんであって……」

そんな話をお初としていると、外が騒がしくなる。

「おらしっかり歩け、総大将の元に案内する」

陣幕の外からポルトガル語が聞こえた。

「大殿、敵の大将格と思われる者を生きたまま捕らえました。首をはねますか？」

猿飛佐助《さるとびさすけ》が聞いてきた。

「斬る前に会っておこう」

「大殿、捕らえた下っ端の兵が申しておりましたが、イギリス海軍提督フランシス・ドレークと言う者だそうで、大殿なら国などから考えがあるかと思いまして」

「あぁ、むやみやたらに殺さず助かる」

「イギリスねぇ……ここかしら？」

お初に頼まれて紅常陸隊が慌てて船から降ろした地球儀を見ながらお初が言う。

「そう、イギリスはそこだけど、なんでここポルトガルにいるかだが？　取り敢《とあ》えず会うか、通訳は……」

「ラララはまだ船から降ろしたくないから紅常陸隊の良美《らみ》にさせるわ、多分大丈夫、ラララに懐いて色々教わっているみたいだから」

慌てて陣幕の中に入ってきた大洗《おおあらい》良美は地面に片膝を突いて、

「大殿様の通訳なんて恐れ多いですぅぅぅ、間違ったら……」

「異国人の言葉なんてみんなわからないんだから気にすることないわよ、ほら、しゃきっとして」

お初に背中を叩《たた》かれてから床几《しょうぎ》に座らせられた。

「ほら、真琴様も背筋伸ばして偉そうに座り直して」

「こう？」

「それでいいわ、佐助、連れてきなさい」

「はっ、では」

縛られ両腕を抱えられて連れてこられたのは金髪で、がたいの良いナポレオン・ボナパルトと言えばわかるだろうか？　しっかりとした軍服を着た者が連れてこられた。

「『殺せ、このような辱めを受けるとは……』と、言ってます。大殿様ぁぁぁ」

「英語なら多少はわかるからそれで合っているから良美、皆にわかるように通訳続けて」

「あら、真琴《まこと》様、イギリスとやらの言葉、わかるのですか？」

「うん、英語と言って世界の共通の言葉として国際的な場では使われるんだよ。だから、学校で必ず習う海外の言葉なんだよ」

「へ～、初耳なんですけど」

お初とやり取りしていると、睨《にら》み付けてきた提督に対してお初が睨み返した。

あまりの眼力に提督が視線を逸《そ》らした。

視線合戦お初の勝ち。

提督の英語は訛《なま》り？　少々平成とは違う英語だったがなんとなく聞けて言っている意味がだいたいわかる。

多少なら俺は英語を話せる。

『フランシス・ドレーク、日本国外交を任されている右大臣黒坂常陸守《ひたちのかみ》真琴である。貴様を解放する。イギリスに戻りこの戦闘を報告せよ。日本国の敵はイスパニアでありイギリスではなし。今日の惨敗を正確に伝えよ。日本国は貴国と不可侵条約を結ぶつもりがあるとエリザベス女王に伝えてほしい。貴国にはもはや造船し我が軍と戦う力はないであろう。話し合いをしても良いとな』

俺がスラスラとイギリス語を話すものだからフランシス・ドレークやその他の捕虜だけでなく俺の家臣達も驚いていた。

一応、高校時代、英語学年トップの座を佳代《かよ》ちゃんと争っていたから。

「真琴様、あまり流暢《りゅうちょう》に話すものだからこの人驚いているみたいよ。良美の通訳で意味はわかったけどこの人解放するの？」

「そうだよ、イギリスと戦ってもねぇ今得られるものは少ないかな？　イギリスは今のバチカンとは少し考えもちがかったはずだから仲間になる可能性が高いんだよ」

キリスト教、カトリックとプロテスタントの争い、本来なら仲の悪いイスパニア帝国とイギリス。

それを結びつけていた日本対戦同盟、それを崩す。

「まぁ～私は真琴様の考えに従いますが」

お初の言葉に「ありがとう」の意味を込めたにやりとした笑みをして頷《うなず》き返すと、それを見たフランシス・ドレークが、

『ヘラヘラと女と話しているなんて余裕だな……。だが、その余裕もこの身で体感した。

余裕を見せるだけの力を持っている。こんな国と戦っていたのか……。確かに、先の海戦で多くの船を失いもはや地上戦しか勝機はなかったのだが、まさかこのように鉄砲の連発までする軍隊だったとは。勝つためには何十万人もの軍で何万人もの味方の死者を出しながら戦うしかない。エリザベス女王陛下には右大臣様のメッセージをそのままお伝えいたします』

軍のトップなだけあり、戦力の差の分析は的確であった。

そのまま言葉を続け、

『イスパニア帝国を盟主とした対日本国戦略同盟からは離脱する事を約束いたします。いや、絶対にイスパニアとは手を切るよう女王陛下には言上します。だからしばらくの間、我が祖国に砲口を向けないようお願いする』

『それは答え次第ですよ』

『崇高なる女王陛下なら私の意見を聞いてくれるはず』

『そう願っております』

俺は急いで英語で不可侵の提案を書いた親書を渡し、

「この者を解き放ちとする。オスマントルコ帝国商人に金を払い希望する地に送らせよ」

フランシス・ドレークは他の港で停泊していた商船に乗り、俺の不可侵の同盟を考えないか？　と言う親書を持ってイギリスに帰国した。

◇◆◇◆◇

フランシス・ドレークの対応をしている間に、サン・ヴィセンテ岬占領戦はほぼ終了しており、勝ちどきが聞こえた。

「真琴様、砦《とりで》占領も終わったみたいよ。外に出ても良いわよ」

「よしならば」

外に出た瞬間、風を切る音がした。

「お初、しゃがめ！」

風を切る音に向けしゃがんだお初の背を踏み台にして飛んだ俺は抜刀術でその正体を斬り落とすとそれは地面に突き刺さった。

鋭い先端の石矢だ。

すぐに立ち上がったお初は太刀を抜き、俺が目をこらして見ている方向に兵達《たち》に歩兵銃を構えさせた。

「まだ敵が潜んでいるわよ、歩兵銃構え！」

城壁の屋根に隠れていた敵兵士がこちらに狙いを定めた瞬間を狙い撃ちにし屋根から転

げさせた。

「ちょっとこれが大量に装備されていたら危なかったかもよ」

俺は斬り落とした石矢を地面から引き抜いてお初《はつ》に見せる。

「これは？」

「クロスボウ、弩《いしゆみ》と言った方がお初には伝わるかな？」

「弩、三国志で読んだことあるような？　そんな武器が今の世に？」

「うちでは大量に鉄砲生産出来るようになってるからあれなんだけど、このヨーロッパ大陸ではクロスボウは一般的なんだよ。しかも、足に引っかけて全身の筋力を使って弦を引くか、もしくは歯車のような絡繰《からく》り式の物で鉄製弦が使われたクロスボウはかなりの威力、ただ連発出来ないから廃れるんだけどね、火縄銃が登場して南蛮でも廃れた歴史だったはずだけど、その俺の知識外の軍備になったかな？」

南蛮甲冑《かっちゅう》をも貫く大型のクロスボウは火縄銃より厄介な代物だ。

蔵にでもしまってあったのを引っ張り出したのだろうが……。

「そう、みなに火薬の臭いがしなくても気をつけるように命じておくわね」

「頼んだよ」

「あのね～こういうときこそ前もって知らせておいてくれないと」

お初が俺の兜を太刀の峰でコンコンと叩いて言う。

「無理を言わないでって、実物を見ないと思い出せない知識だってあるんだから」

「まぁ～私も弩なんて見たことも使ったこともないから注意しようがないか。弓矢ならこの甲冑ではじき返せるけど、こんな重たい鋭利な石矢、凄《すご》い武器があるものねぇ」

感心しながら納刀して、腕組みをするお初、

「しかし、よく俺の指示にすぐ従えたね？」

「あのね～私は真琴様の弟子よ？　戦場であんな指示あったら従うに決まっているでしょ！　剣の腕は誰よりも信頼しているつもりよ」

「そっか」

「そうよ。それよりお江《ごう》の漆黒常陸隊《しっこくひたちたい》も船から出させてこの砦に敵が残っていないかくまなく探させるから真琴様は本陣の中で」

しばらくして、隠れ潜んでいた敵も一掃された。

◇◆◇◆◇

次の日、皆を集め次の指示を出した。

「この占領した地を日本国ポルトガル藩と定める。お初、砦の外に『盗《と》らず殺さず犯さずを守れば今までの住居に住むこと、商売を続ける事』を保障すると高札を掲げてくれ、こ

こを町として発展させる」

「はい、すぐに」

「幸村《ゆきむら》は兵達の他、捕らえた敵兵も使い砦を堅固な物とせよ」

「はっ、かしこまりました」

高速輸送連絡船に積んであるアームストロング砲を急ごしらえの砲台に20門設置し、また戦闘主軸艦にも武器弾薬を補給した後、蒲生氏郷《がもううじさと》を指揮官とした輸送船艦隊をマイアミ城に補給に戻らせた。

その艦隊が再び戻るまで、サン・ヴィセンテ岬の城塞化とジブラルタル湾入り口封鎖作戦を実行した。

敵は陸上から攻めあぐねていた。

偵察兵に対して離れた距離から射撃、しかも連発銃だ、うちの兵数が正確につかめないのでどうしようかと迷っていたのだろう。

手慣れている真田《さなだ》幸村の指示で、土塁と空堀・塹壕《ざんごう》が複雑に作られていく。

時間がたてば経《た》つほど防衛力は完璧になっていく。

しかし、無理はしない。

圧倒的火力があろうともこちらの兵数は少なく、攻めるとなると不利な点が多い。

こちらは海上から艦砲射撃出来る範囲が望ましいからだ。

補給路の確保が出来てから再び進軍する。

それが定石だと考えた。

しばらくヨーロッパ大陸西の端、ジブラルタル海峡入り口にあるサン・ヴィセンテ岬の砦整備とジブラルタル海峡封鎖作戦に集中した。

すぐに資材はアメリカ大陸と日本から届くようになる。

人員も兵や開発の労働者としてアスティカやマヤ、インカ、ネイティブアメリカンの希望者を募って手伝いがどんどん増えていった。

流石《さすが》の蒲生氏郷、海上輸送路確保完璧だ。

雇われた北中南米の民はイスパニア帝国に一矢報いた俺を尊敬してくれる者が多く、よく働いてくれた。

イスパニア帝国への恨みが強く、兵士になりたいと希望者は多かったが、家老達の面談の結果恨みが強い者は石工職人、大工職人、畑開墾者になるよう説得されそちらに割り振られた。

アスティカやマヤ、インカ、ネイティブアメリカンの者達に武器を提供して一気に大軍で進軍することも出来るが、それではイスパニア帝国とやっている事は変わらなくなる。

いつまでも続く禍根になってしまうだろう。

恨まれるなら俺だけで良い……。

占領地を少しずつ増やし、開発を進めていると、織田信長《おだのぶなが》から手紙が届いた。

『南蛮の事は任せる。ただし、必ずやフィリッペの首を取れ。常陸、貴様を正式に日本国外交大臣に任命する』

と、言う内容だった。

織田信長はと言うとハワイが気に入っているらしく、ハワイに滞在しているらしい。

織田信長とハワイの組み合わせはなかなかおもしろい。

何気に泳ぐのが好きな織田信長はハワイのビーチで遊んでいるのだろうか?

さらに日焼けして、役所さんから松●しげるさんレベルに日焼けしていたりして……。

◇◆◇◆◇

《支倉常長《はせくらつねなが》》

イスパニア帝国の港を我が物にしたとは早い。

流石に右大臣様、まさに鬼神の戦い。

この戦いを世界中の多くの者が知れば日の本の国と戦おうなどと考える者も減るはず。

私はオスマントルコ商人に紛れ、地中海と言われる海に面している港に入るとイスパニア帝国惨敗、そして日の本の国がもうすぐイスパニア帝国皇帝の首を取るだろうと噂《うわさ》を広めた。

◇◆◇◆◇

サン・ヴィセンテ岬砦の萌化《もえ》、アニメ登場物装飾も、もちろんする。

その準備に取りかかると、お初は最早《もはや》、諦めていた。

「もう好きに作れば~どうせなにを言ったって美少女の装飾するんでしょうから」

若干投げやりな言葉が返ってきた。

だが、今回作るのは萌美少女ではない。

男のロマン、巨大ロボットだ。

アームストロング砲を肩に乗せた『ガ●タンク』『ガン●ャノン』をインカから派遣して貰《もら》った石工職人に頼んで造ってもらった。

それでジブラルタル海峡を睨《にら》み付ける。

異色の石像砲台はインパクトが強いはず。

アームストロング砲は飾りではなく、ちゃんと本物、弾は撃てるようになっている。

流石に全身は造れないので胸から上で作る。

目は頭部の中をくり抜き金箔《きんぱく》を貼り付け中で灯《あか》りを点《つ》ける。

若干光は弱いが灯台的役目を持たせた物だ。

その完成を目にしたお初は、

「あら、意外！　今回は中から美少女がって絡繰りはないのですね？　こういう力強さを感じられる物は好きですよ」

お初の意外な好印象の感想に対して、お江はどことなく不満げにジト目で見ていた。

「流石に石造りでパッカーンと開いて美少女登場ってそこまでの絡繰りは出来ないよ。お江はなんで不満げ？」

「私、美少女期待してたんだけどなぁ～」

「もう、お江は真琴《まこと》様に毒されすぎですよ」

「え～そうかなぁ～」

「そうです。それにしてもこういうのが未来の物語で流行《はや》っているのですか？」

「うん、凄い人気で小さな模型が玩具《おもちゃ》として売られててね、みんなそれ造って遊ぶんだよ」

「あ〜これだったら私も組み立てしてみたいです」

お初は平成時代ならプラモ組み立て実況配信VTuberになるかもしれないな。

ロボットオタク女子分類に入るかもしれない。

「マコ〜やっぱり可愛《かわい》くな〜い」

お江は怒り気味だった。

「まぁ〜待ってろ、ヨーロッパに正式な拠点、城を作る時には萌々するからな」

俺が言うとお江は喜ぶが、お初は、

「はぁ〜やはりまた作る気なのね、飽きたわけではなかったかぁ〜」

大きなため息《いき》を吐《つ》いていた。

◇◆◇◆◇

補給路の確保と、イギリスからの使者そしてバチカンの使者を待つのにしばらくサン・ヴィセンテ岬砦《とりで》整備に時間をかける。

バチカンからの使者を俺は諦めているわけではない。

バチカンは何らかのアクションを起こすと信じているからだ。

あの小さな手紙がそのメッセージだったのではと思っている。

今はフィリッペに邪魔されているのではと。

大きな大きなヨーロッパ大陸を敵にしているのだから、着実に物事を進めなくてはならない。

焦って進軍すれば地中海と言うド壺《つぼ》にハマってしまう。

二度と負けはしない。

慎重に事を進めよう。

◇◆◇◆◇

1601年8月
サン・ヴィセンテ岬砦にイギリス海軍提督フランシス・ドレークが戻ってきた。

木造ガレオン船が砦の前で空砲を撃ち敵対の意思がないことを示し、入港した。

俺の艦隊はすでに後込め式アームストロング砲なので、空砲には意味がないが先込め式の大砲を使うヨーロッパ諸国の船は、空砲で大砲が空であることをアピールする意味ある行為。

念《ねん》の為《ため》、陸上戦に備えて接岸した船を見に行くと到着したイギリス海軍提督フランシス・ドレークはサン・ヴィセンテ岬砦のガ●タンク・ガン●ャノン砲台に見とれていた。

『ファンタスティック』

英語の大声で叫んでいる。

度肝を抜かせることに成功したようだ。

英語で後ろから話しかけた。

『ははは、驚いたか？　単なる飾りではないぞ。しっかりと砲台は大砲の役目をする』

『こんな砲台、見たことがありません。日本国の宰相は異質なデザインの物を作るとは宣教師や商船の者から噂にはなっていましたがこの様な物だとは……凄《すご》い』

ふふふふふ、平成二次元物が世界で話題になっていると言う事に俺は背中がゾクゾクとし興奮した。

嬉《うれ》しい。

ふふふふふ。

などと心で呟《つぶや》いていると彼は片膝を突き、

『本日は我が主、エリザベス女王よりの御言葉《おことば》を伝えたく来ました』

今回は正式な使者としての来訪のため丁重に砦内の接客室に通した。

砦内の接客室は15畳、大理石の床の洋風の部屋だ。

ソファーを置いている。

萌彫刻飾りは、ほとんどないに等しい。

風格を出すために日本から送られてきた大鎧《おおよろい》と太刀、槍《やり》が飾ってある。

対イスパニア帝国戦に備えた砦の為無駄に装飾はしていない。

一時的な基地として考えているからだ。

そんな部屋は俺的に萌飾りがないと物寂しいので、一枚俺直筆、●坂桐●と●更●璃の萌掛け軸を飾った。

ちょっとアレンジした百合《ゆり》な●坂桐乃と五更●璃の萌掛け軸。

フランシス・ドレークがガン見して固まっていたのは笑える。

しばらくして、ソファーに座ると豪華な装飾がされた布に包まれた長い木の箱をテーブルに置いた。

『まずはエリザベス女王陛下よりの贈り物です。お受け取りください』

護衛に俺の隣で気配を消して黙って座っているお江《ごう》がコクリと頷《うなず》く。

既に危険な物でないことが確認されているのだろう。

木の箱を開けると柄《つか》が金の装飾がなされた片手剣、サーベルだ。

細身の刺突剣でナックルガードは金で茨《いばら》をモチーフとして作られている。

装飾は素晴らしい、だが、俺の技には耐えられなさそうだ。

だが、飾るには良い。

『ありがたくもらい受けます。で、返答は？』

長々と無駄話をせず直球を投げた。

『隠しても仕方のないこと。正直に申し上げます。イギリスにはもはや抵抗する軍船がありません。そして、今から新しく造ったとして、日本国に対抗できる強力な軍船の造船も出来ません。よって、敗北を認めイスパニア帝国とは手を切り、日本との不可侵条約の提案を受け入れさせていただきます。女王陛下からの御言葉です』

『賢明な判断と思います。我が軍にはイギリスの港をすべて灰にするくらいの軍事力はありますから。今でも船は造り続けています。うちにはそれだけの国力があります』

俺が言うとフランシス・ドレークは本当は悔しいのか苦虫を噛《か》みつぶしたような顔をしていた。

しかし、先の敗北でそれが非現実的な脅しでないことを知っている為、グッと堪《こら》えたようで怒りを言葉に表すようなことはなかった。

『ただしこちらから頼みというか条件が一つだけあります。我が国は、日本国とよしみを通じることになるので、ハプスブルク家などから阻害される事になり貿易が出来なくなります。その為、新大陸との貿易をしたいのですが、お許しいただけませんか？』

俺は中世ヨーロッパの血縁関係などはさっぱりわからない。

ハプスブルク？　メディチ？　ホーエンツォレルン？

日本の戦国大名のように血縁で結ばれているヨーロッパ王家。

『貴国の血縁だのとかには一切興味はありませんが、国が衰退し新たな混乱を招くのはふさわしくはないので、アメリカ大陸の貿易は正当な対価を払うことで許可します。と言うか、仲介はします。ただし、不当なやりとりや、奴隷貿易などは厳しく取り締まりさせていただきます。もしその約束が破られるならイギリスも敵国。灰にし日本国が征服します』

その言葉にさらに眉間にしわを寄せているフランシス・ドレークだった。

『おのれ！　どこまで馬鹿にすれば気が済むんだ！』

突如激高したフランシス・ドレークの護衛の一人がサーベルを抜き斬りかかってきたが、一歩踏み出したところでコロリと首が落ちた。

お江がバク転宙返りをして、その斬りかかってきた者の後ろに回り込み、一瞬にして喉元に小太刀をあて斬り落とした。

『これは違います、女王陛下は本当に敵対するつもりなどなく、この者が勝手にしたこと、無礼を許して下さい』

フランシス・ドレークは顔面蒼白《がんめんそうはく》となり慌てて弁明をした。

『交渉の場、このような事は付き物、気にしていませんよ。しかし、身近に置く者は貴方《あなた》の命令を忠実に守れる者とするべきですよ』

『申し訳ございません』

『話を続けて』

漆黒常陸隊《しっこくひたちたい》によってその遺体が綺麗《きれい》に片付けられる間、沈黙が続いたがテーブルにお茶が出されると、フランシス・ドレークは口を開いた。

『日本は女子《おなご》も武人の強さと耳にはしていたが本当だったか、それに奴隷を嫌うと言う噂《うわさ》は聞いていたがどうやら本当だったか……本当は欲しいところ、だがそれを受け入れなければ、あなたの目にそれを交渉する気はないのを感じた。わかったそれも含めて受け入れる』

こうして全権を任されていたフランシス・ドレークと不可侵条約の締結書を作成した。

後にイギリス女王エリザベスI世の名が署名された物が届けられた。

それを受け取り日英不可侵通交通商条約が正式に締結された。

そこで俺はサーベルの返礼に萌《もえ》美少女掛け軸と陶器を大量に送った。

「真琴様にしては質素な陶器を贈られるなんてどうしたのですか?」

贈り物の中に白一色で薄い陶器コース料理フルセットを美少女ではなく植物の模様がシンプルにあしらわれた蒔絵《まきえ》の箱に入れ持たせた。

エリザベス女王I世用にと。

「うちの陶芸技術ってねぇ～結構凄いんだよ、だからそれを見せるべく」

「その凄い陶器に美少女を描かせているのはどこのどなたなんでしたっけ?」

お初《はつ》はジト目で睨《にら》んでいた。

◇◆◇◆◇

《エリザベス女王I世》

「陛下、私の護衛として付けた彼《か》の者、陛下の密命を受けていたのですね?」

「はて、なんの事やら?」

「あの様なことお止《や》め下さい。彼らの真摯たる振る舞いに恥を掻《か》きました。もしこの様な事を続けるなら私はもう船は出せません」

「臆したのですかドレーク!」

「ご覧下さい。日の本の国の宰相に持たされた品々です。この様に美しき物を作り、そしてどこよりも進んだ武器を作る。そんな国と戦って勝てる、絶対にあり得ません」

厳重な箱から取り出されたティーカップを目にしたエリザベス女王I世は美少女のイラ

ストよりそのあまりにも薄い陶器の出来に驚いていた。

「これが日の本の国で？」

「はっ、商人に確認したので間違いないかと」

「明《みん》の物ではないのですか？」

「こちらの無地の物は女王陛下にと渡された物でございまして、私にはその……美少女が描かれており、その様な物を作るのは日の本の国しかないと商人が申しております」

「ヨーロッパのどの国でも作れないこの陶磁器、私は欲しましてよ」

「でしたら交易でございます。支配では手に入りません。支配する前にこちらが支配されてしまいます。日の本の国の宰相は刃向かわねば敵とは致しません。どうかこの条約をお守り下さい」

「……わかりました。しばらくはこの条約を守りましょう。しかし、いつかは……」

エリザベス女王Ⅰ世の野望とは裏腹に惨敗した戦、そして無音で首を斬り落とす使い手を目にしているフランシス・ドレークは、どう諫《いさ》め、日本とイギリスが戦うことなく付き合えるか考えを巡らせていた。

◇◆◇◆◇

俺はヨーロッパの血縁関係に疎い。

単純に興味も薄く、名前が覚えにくいからだ。

そして、皇帝やら国王やら国々兼務する国王とか複雑で苦手な分野だ。

世界史の中で中世ヨーロッパほど苦痛な授業はなかった。

そんな俺でも、ヨーロッパの諸国がハプスブルク家の血縁なのはテストに出たので覚えている。

今敵として首が欲しいフィリッペⅡ世はそのハプスブルク家出身、絶大な力を持っている為《ため》、スペインとポルトガルの国王を兼務している。

俺はその兼務2国を合わせてイスパニア帝国と呼んでいる。

史実では正確な呼び方ではないのかも知れないが……。

ハプスブルク家の長たる人物は神聖ローマ帝国ルドルフⅡ世、そこがどの様なアクションを起こすか静観している。

俺が粛々とイスパニア帝国を攻め入る準備をしている中、サン・ヴィセンテ岬砦《とりで》に小さな帆船で30人ほどの使者が来た。

「真琴《まこと》様、また異国の使者らしいけどまたあの砲台に見とれてしまって口を開けたましばらく固まっているそうよ。どうします？」

お初が知らせてくれると、天井から、

「ん？　私が行って気絶させて運ばせようか？」

物騒な事を言いながらお江が下りてきた。

「お江、仮にも使者、もし良い知らせを持つ使者だったらどうするのです？　対応が無礼なものだったとしたらその噂はすぐに広まるでしょう。自重しなさい」

「は～い姉上様」

「まぁ～確かに使者への対応は今後の外交に強く関わるから俺が出向こう。だが、お江、漆黒常陸隊はそれとなく配置しておいてくれ。合図したら斬って良い」

「うん、わかった」


ガ●タンク・ガン●ャノン砲台に見とれてしまい動かない人物がいると連絡が来たのでそちらに向かうと、サーベルを帯剣した騎士と呼んで良いだろう身なりの良い青年が涙を流しながら固まっていた。

どうやらその青年が代表のようで、警護の者も困っている様子だった。

「御主人様、ローマ帝国の使者だそうでありんす。言葉はオランダ語と言う言葉なら通じるのでわちきが通訳するでありんす」

「あぁ、頼む」

オスマントルコ帝国との貿易も盛んになってきているので、ラララがその商人を通じて通訳の準備にと様々な言語を学んでいてくれたため、通訳になってもらった。

《ラララの通訳》

『神聖ローマ帝国の使者と聞きましたが、アナタですか？』

一度無視されたラララはその青年の耳元で大きな声で言ったがそれでも反応がなかったので再び同じ事を叫ぶように言った。

『はっはい、失礼いたしました。このような素晴らしい物を見れるとは思っておりませんでした。申し遅れました。神聖ローマ帝国ルドルフⅡ世の使者として来たルーラント・サーフェリーと申します。このような彫刻を作られる方は、さぞかし素晴らしい才能の持ち主、レオナルド・ダ・ビンチの再来、どなたなのですか？』

ラララが訳して俺のほうをクスクスと笑いながら見た。

ラララの通訳を聞いて、お初が鉄扇で俺を指し示した。

レオナルド・ダ・ビンチの再来……うん、なんか、ごめんなさい。

「日本国の外交全権を任されている右大臣黒坂常陸守《くろさかひたちのかみ》真琴である。この石像も俺がデザインして作らせた物だ」

『素晴らしい。大悪魔のごとき戦争をすると聞く日本の右大臣様がこのような素晴らしい物まで作るとは』
ラララが訳すと、後ろで聞いていたお初はため息を吐《つ》き一人呟《つぶや》いた。
「はぁ～これは良いんだけどねぇ……」

外の海風の吹く場で立ち話をやめ、応接室に通す。

今日はか●なぎの巫女服《みこふく》を着たナ●様と、シスター服を着たざ●げちゃんを描いた掛け軸を飾っている。

掛け軸一枚くらいならお初も特には怒らなくなっている。

最大の理由は「外賓が持参した物に対して返礼として渡せるから」と単純な理由の為だ。

その掛け軸に歩み寄るルーラント・サーフェリーは、

『お～～ミケランジェロの再来か！』

またしても涙していた。

ミケランジェロの再来……うん、なんか、本当にごめんなさい。

掛け軸に見とれてしまっていてなかなか話が進む気配ではない。

この掛け軸も俺が描いた物なので元手はかかってない。

また同じ物も描けるので、

「お初、掛け軸をこの方に差し上げて」

お初は壁から掛け軸を外して、ルーラント・サーフェリーに渡すと大変喜ぶ。

『おぉぉぉぉぉお、貰《もら》ってよろしいのですか？』

俺より先にお初が、

「えぇ、こんなのいっぱいありますから」

ニコニコと満面の笑みで答えた。

お初、お前は平成で嫁になっていたら旦那の趣味を理解せず勝手に断捨離とか言う悪魔の所業をするタイプだったか？

実際には今まで無断でなにかする事はなかったが。

それは置いといて、この一幅の掛け軸が今後、世界を変えてしまう事は後になってから知ることになった。


掛け軸を渡したことで落ち着いたルーラント・サーフェリーは話を始めた。

『我が主、神聖ローマ帝国ルドルフⅡ世からの親書をお渡しいたします』

立派な装飾がされた巻物を渡してきたので、ララに翻訳して貰う。

『イスパニア国王フィリッペⅡ世の首は諦めて貰えないだろうか、その代わりに、ポルトガルの領土を半分差し上げる』

要約するとそんな内容だった。

「馬鹿なことを。領土はいらぬ。欲しければ自分で取る。それだけの軍備は十分にある」

それをララがオランダ語にして通訳する。

『やはり、そう言われますか。我が主や他の国々の王もフィリッペⅡ世とは同血族、どうしてもフィリッペⅡ世の首を狙うというならヨーロッパすべての国々を敵にするという事。それはわかっておいでですか？』

「脅しにならない脅しね、真琴様」

お初は一人言のように呟き鼻で笑っていた。

「残念だが交渉の余地はなし。真田《さなだ》幸村《ゆきむら》に命じてくれ、この方々をお送りすると同時に、スペイン・ジブラルタルとタンジールへの艦砲射撃を命じる。港を占領し地中海からはヨーロッパの国々が大西洋に出られなくするようにとな」

それを逐一通訳するララの言葉にルーラント・サーフェリーは真っ青な顔色に変わっていた。

俺の艦隊の艦砲射撃上陸作戦、噂《うわさ》は流石《さすが》に耳に入っている様子。

『お待ちください。どうかそれは、お待ちください』

『残念だが、ジブラルタル海峡封鎖は元々決めていたこと、ついでじゃ、せっかくなので陥落する港を見ながら帰られよ。イスパニア帝国国王に加担するなら次は貴国の港ぞ』

語気を強めて言うと、

「真琴様、口調が伯父上様みたい。ふふふふっ」

少々、織田信長《おだのぶなが》っぽくなってきているかな？　俺。

俺は退室する、部屋からは、

『お待ちください。どうか、お考え直しを〜』

大きな叫びが繰り返し聞こえていた。

二番艦・不動明王・船長・柳生宗矩《やぎゅうむねのり》と新型南蛮型鉄甲船・8隻、蒲生氏郷《がもううじさと》艦隊・新型南蛮型鉄甲船・5隻・高速輸送連絡船・15隻をサン・ヴィセンテ岬砦の守りに残し、真田幸村は蒸気機関外輪式推進装置付機帆船型鉄甲船戦艦・艦隊旗艦武甕槌《たけみかづち》に乗り、三番艦・摩利支天・船長・前田慶次《まえだけいじ》、新型南蛮型鉄甲船・7隻でジブラルタル港、艦砲射撃上陸戦を開始した。

対岸のタンジール港は四番艦・毘沙門天《びしゃもんてん》・船長・真壁氏幹《まかべうじもと》が指揮を執り新型南蛮型鉄甲船・10隻で同じく艦砲射撃上陸戦を開始。

砦化されていたジブラルタル港とタンジール港だったが、海上から何日も続く砲撃に耐えられず港は火の海となった。

1601年11月8日

ジブラルタル海峡は完全に封鎖、地中海から大西洋に出るルートを日本が掌握した。

フィリッペⅡ世の首と大航海時代に地中海から出られない痛みの重み、どちらを選ぶかを神聖ローマ帝国、そして、バチカンに委ねた。

◇◆◇◆◇

「幸村、早速だが、ジブラルタル奉行を命じ港の城塞化を始めてくれ、そちらに居を移すから堅牢《けんろう》な物だ。早急に居を移したいからドーム型住居を建設してくれ」

「はっ、しかと承りました」

真田幸村が陥落させたイスパニア帝国ジブラルタル港砦の城塞化を始める。

サン・ヴィセンテ岬砦は蒲生氏郷を留守居役に任命し、大西洋側の警備をして貰う。

俺は2週間後、パネルで作られるドーム型住居で寝食に困らない状態になったので、ジブラルタルに居を移しジブラルタル城と正式に改めた。

イギリス帝国がこちら側になっているのと、先の海戦での戦艦損失が大きく、イスパニア、フランス・オランダは大西洋側での活動は小さくなり注視するべきは地中海となっている。

ジブラルタル城は今後ヨーロッパにおいて活動の要。

しっかりと腰を据えて築城する。

「前田慶次、ジブラルタル城付近の村々を我が方に引き込むよう命じる。出来れば平和裏に事を進めて欲しいが、見せしめも大事、飴《あめ》と鞭《むち》を上手《うま》く使い分けて支配域を拡《ひろ》げてくれ」

「おうっ、任せておきなって」

陸地もジブラルタル港を中心に実効支配を開始した。

進軍した前田慶次隊は各地の主要な道にドーム型パネルを活用した小さな砦《とりで》を建設、村々の行き来を遮断した。

パネル材はアメリカ大陸で作られた物を組み上げるだけだったので迅速に事が進んだ。

「大将よ、要所要所の道を封鎖して兵糧攻めにしてやろうかって思ったんだが、食料ほぼなくて道を封鎖すると物乞いみたいに次々に敵さん投降してくるぜ」

「そうか、慶次、その血を一番流さなくて済みそうなやり方続けて構わないけど、味方になった村々はすぐ救いたい。お初《はつ》にはそれをしてもらう。支配だけでなく支援をする。こちら側になると約束した村々、そして砦作りに協力する者に食料を配布する手はずを整えて。食糧管理している桜子《さくらこ》と協力して上手くやって」

「了解、取《と》り敢《あ》えずインカから多く運ばれてる乾燥トウモロコシで良いかしら？」

「あぁ、都合が付く食料で良い。兎《と》に角《かく》こちら側に付けば飢えで苦しむことがないのが噂で広がってくれるのが良い」

「ふふふふっ、もう何度もしてきたから慣れているわよ任せなさい」

お初が紅《くれない》常陸隊《ひたちたい》を使い、配給と炊き出しを始めた。

すると、貧しい農民、虐げられていた貧民層が食事を求めて人が集まりだした。

「小滝《こたき》、集まってきた者に病人がいないか診て、分け隔てなく治療を始めてくれ」

「はい、わかりましたです」

度重なる戦いで重税を課されていたようで、多くの者達《たち》が痩せ細り、飢えに苦しんでいた。

さらに王家や一部の貴族が私腹を肥やしていたようでイスパニア帝国の国民はその日の食事にすら困る者が多かった。

その為《ため》、食糧配布、炊き出し、診療を始めるとジブラルタルの近くでは噂を聞きつけた者達が集まり難民キャンプのようになった。

「アメリカ大陸にパネル製造を急ぐよう連絡船出して、衛生環境を悪くしないために住居を次々建てたい。東住美帆《とうずみみほ》、再び船長に任じアメリカ大陸との行き来を命じる」

「大役しかと承りました」


運ばれてくるパネルで住居を作り難民保護を始める。

だが、ただ食事を与えるだけでなく、仕事も与えた。

住宅パネル製造から始め、それに見合う賃金を払う。

住宅が調ったところで農業改革も開始した。

それをしばらく続けると噂が広まり自然と従う者が次々に現れ、ポルトガル各地で今までの領主を排除する動きが高まり一揆《いっき》が発生した。

「お江《ごう》、前田慶次と共に忍びを上手く使って各地の支配階級者を暗殺、一揆の手助けをしてやってくれ。それとこちら側、日本国は誰だろうと一日三食食べられる国造りをしていると噂を広めさせてくれ」

「うん、任せて」

各地の農民が蜂起し、それに手助けをする事でこちら側に付きたいと運動が起き領土は自然と広がり、グアダルキビル川を国境線にしたヨーロッパ大陸に日本の支配地域ができあがりつつある。

もちろんイスパニア帝国も武力で鎮圧しようとするが、それに対抗すべく真田幸村が兵を率いて出陣、各地で応戦、敵はアームストロング砲とリボルバー式歩兵銃になすすべはなく散っていった。

多数対少数の戦いは真田幸村に任せておくのが良い。

そして蒲生氏郷も愚鈍な男ではない。

才能溢《あふ》れる武将、真田幸村の活躍に負けないよう守備に徹するだけでなく、どこを占領すれば今後有利になるか考えていたようで、その結果、ポルトガルのロカ岬を艦砲射撃し占領した。

真壁氏幹もジブラルタルの対岸タンジールを砦化の整備と同じような政策で支配域を拡げていった。

◇◆◇◆◇

「さてと、日本に帰っている左甚五郎《ひだりじんごろう》をそろそろ呼び寄せるか」

俺の言葉にお初はしかめっ面を惜しげもなく見せている。

「眉間に皺《しわ》が出来るぞ」

「やはりどうしても造りたいのですね？　萌《もえ》美少女装飾城？」

「ああ、このジブラルタル城は堅牢かつ絢爛豪華《けんらんごうか》な城とし、ヨーロッパを睨《にら》む拠点とする。その俺の城に必要な人物と言えば左甚五郎だ。左甚五郎しかいない」

渋い顔を見せるお初とは正反対にお江は、

「次はどんな美少女かな〜〜」

喜んでいてお初は頭を抱えるのかと思いきや、

「ああんもう、こうなったら自棄《やけ》です。今までにないくらいの、いや、今までよりすごい物を造り、南蛮の人々に呆《あき》れられていた。

なんか、お初は壊れてください」

大丈夫だろうか、お初。

インカ帝国から熟練の石工職人と日本から左甚五郎を呼び寄せるための手配をする。

しばらくジブラルタルに腰を据えることになるだろう。

神聖ローマ帝国ルドルフⅡ世の使者ルーラント・サーフェリーが圧倒的火力の報告をすれば必ず何かしらのアクションを起こす。

それを築城しながら待つこととする。

◇◆◇◆◇

ジブラルタルを占領したからと言ってすべての船に砲撃するわけではない。

砲口を向けてきた船は容赦なく砲撃、また、商船になりすまし検閲時にうちの兵に刃向かう船も当然あったが、連発式の銃を持つうちの兵、それに全員が剣士と呼べるだけの腕を持っている為、敵になるはずもなくそう言う船は見せしめに容赦なく燃やして沈没させた。

商船それに国に属していない運び屋稼業の船は検閲後入港を許可している。

ジブラルタル城築城に多くの人が集まり、食料の補給なども必要だから交易は重要だ。

ほとんどの商船はオスマントルコ帝国側の船だが。

交易が活発化して台所に様々な食料が運び込まれその食料の中にスパゲッティを見つけた。

「御主人様、乾燥した麺が手に入ったのですが」

「おっ、久々にスパゲッティを食べるか。ほんと、久々だな～」

もう何年も食べていなかったスパゲッティを懐かしく思い、食べたくなった。

「桜子、乾燥麺はあとで茹《ゆ》でてふやかす、その前にタレを作りたい、豚肉を細かくしてそれをトマトと一緒に煮込んで」

「わかりました。すぐに豚手配しますね」

桜子に頼むと丸々と大きい豚、イベリコ豚が生きたまま連れてこられた。

だから、なんで食材を生きたまま連れてくるかな。

いつものごとく梅子《うめこ》が出刃包丁で一突きにして絞めていた。

うん。もう慣れたよ。

イベリコ豚は手際よく捌《さば》かれ肉の塊となる。

桜子と梅子はそれを包丁でひたすら細かくしてミンチ肉を作り、煮込んだトマトと合わせてソースを作ってくれる。

塩胡椒《しおこしょう》で味を調えている。

「御主人様、この様な感じでよろしいでしょうか？」

「おっ、ちゃんと出来てるよ、美味《うま》い美味い」

「良かった」

味見をすると希望のソースの完成。

茹でたパスタにそのソースをかける。

ミートソーススパゲッティの完成だ。

「美味《おい》しい。流石《さすが》、真琴《まこと》様の料理、変態的に美味しゅうございます」

いつもながらの棘《とげ》がある言い回しで言うお初。

「マコ〜、美味しい。南蛮の麺も美味しいね」

お江は素直に喜んでくれるのが嬉《うれ》しい。

「御主人様、美味しいのですが、肉を細かくするのが幾分大変でして多くは作れないかと」

料理全般を任せている桜子が言う。

「たしかミンチにする機械が有ると思うから注文してみよう」

ミンチ肉にするための機械はあると便利なので商人に発注した。

兵士達にも同じ物を食べて貰《もら》いたいので、大量にミンチを作れる機械は欲しいところだ。

ハンバーグも食べたいので買っておくと良いだろう。

人々も集まってきているのでいつもの学校と食堂開設を考えに入れている。

その時にミートソーススパゲッティは人気になってくれるはずだ。

◇◆◇◆◇

《とある国》

「奥様、かの国の宰相がポルトガルに城を築き始めていると出入りの商人が噂《うわさ》しておりますす」

「なんですって〜あの素晴らしい美少女を描く宰相がでして？」

「はい、ですが、噂話。まさかイスパニアが負けるなんて本当かどうか」

「あなたは何もわかっていないのね！　勉強が足りなくてよ、その様な者はお仕置きでしてよ」

城に仕える若い娘を鞭で叩《たた》くバートリ・エルジェーベト、

「いい、文化が高いと言うことは様々な物事を知っていると言う事よ。それを具現化する技術を持っている。見なさい、オスマントルコから買い求めたこのヒタチの国産というシルクがその証拠、あ～それにこんな細かな刺繍《ししゅう》で美少女をあしらうなんてどんな素晴らしい人なんでしょう」

「ですが、とても高価な物で……」

「えぇい、口答えは許しませんでしてよ」

さらに鞭《むち》を振ろうとしたとき、返り血で生地が汚れるのを恐れて振りかぶった手を止めた。

黒坂《くろさか》真琴が知らないところで、残虐だと噂名高い夫人が変わっていた。

「兎《と》に角《かく》、かの宰相の事はわかったこと全て私に教えなさい。眉唾だろうといいのよ」

「はい、奥様」

第四章　ジブラルタル城

左甚五郎の到着を待たずにジブラルタル城築城は開始した。

縄張りを行い、堀作りを進めた。

今回も縄張りは稜堡《りょうほ》式と呼ばれる星形の城だ。

火器を多用する城はこの形が一番死角が少なく守りやすい。

茨城城と同等の大きさを想定して築城を開始、天守も日本式望楼型天守を計画している。

南蛮式、ネズミーランドのような形の城ではない。

敢《あ》えて差別化を図るため天守は日本式、五重六階建ての荘厳な本丸天守を計画する。

石垣はインカ・マヤ人の協力の下、精巧な石積みの上に建てる。

天守に連なる本丸御殿、その外を五芒星《ごぼうせい》形の水堀で囲み外側を二ノ丸とする五つの星先、三角堡の名称も南の三角の大広間として朱雀《すざく》御殿、西の三角の白虎御殿、北の三角の玄武御殿、東を織田信長《おだのぶなが》が来た時の為《ため》の御成《おなり》御殿とする青龍御殿、南東の地中海に突き出している三角の地中海御殿だ。

　ここは外国からの使者を最初に通す部屋とする。

さらに、その外側を五芒星の水堀で囲み三ノ丸の三角部分の廓《くるわ》、東廓、西廓、南廓、北廓、地中海の港となる港廓。

ほぼほぼ、茨城城のコピーのような縄張りだ。

「茨城城そっくりですね」

お初《はつ》が図面を見て言った。

「ああ、この造りが一番死角が少ないからね。南蛮の城もほぼこの形で造っているはずだぞ」

星形の城塞は元々ヨーロッパで進化した建て方だ。

異世界転生ライトノベルで、銃火器が存在しているのに円形城が描かれている作品を見たことがあるが、城の知識に乏しい作者なのだろうと思ってしまう。

銃火器が存在するならそれを最大限活用出来る形の城に改造が成されるはずだ。

江戸幕府末期、日本が取り入れているが、財政難などから北海道の五稜《ごりょうかく》郭などは計画よりも簡素で守りが手薄、籠城に耐えうる造りではない。

だが、俺には潤沢な資金もある。

オーストラリア大陸、南北アメリカ大陸との貿易だけでない。

太平洋、大西洋、インド洋の制海権を一手に掌握している。

俺が関わった土地で行われている農業・畜産改革で作られた加工品はその制海権を利用して売り買いされている。

そしてその税が俺の元に入ってくる。

その潤沢な資金を活用してさらに守りを強固にするべく、その外側の陸地には真田幸村《さなだゆきむら》、柳生宗矩《やぎゅうむねのり》、前田慶次《まえだけいじ》の邸宅であり戦争時には砦《とりで》となる出城を配置する。

さらに外側の町を囲むように空堀と土塁で作る総構えとした。

総構えは後々は石垣にしたいが、現状はそこまで出来る人手が足りない。

そして、早急に堅牢《けんろう》にする必要はない。

現状攻め入る敵を寄せ付けない火力があるからだ。

この城の最大の役目は日本国の権威を誇示するための城。

三ノ丸の三角部分の廓、東廓、西廓、南廓、北廓、港廓は最先端建築技術のドーム型で進める。

朱雀御殿、白虎御殿、玄武御殿、青龍御殿は木造日本式御殿を建設、地中海御殿は石造りのインカ式を取り入れる。

装飾の下絵を次々に描いている頃、左甚五郎《ひだりじんごろう》と大工集団は到着した。

「ふぅ〜疲れやしたぜ大殿様、またこんなに遠い異国に呼ばれるなんて思ってもみやせんでした。巨大な城を造り始めましたね、殿様」

ジブラルタル城築城現場を見ながら言う左甚五郎。

左甚五郎は配下の弟子達《たち》500人を連れて来ている。

「ああ、地中海を睨《にら》む城、堅牢かつ壮大、そして、絢爛豪華《けんらんごうか》にする」

「殿様、茶々《ちゃちゃ》の方様がそのように言うだろうと多くの弟子を連れて行けというので選《よ》りすぐりの腕を持つ者をかき集めてきやした。絢爛豪華ってもしかして……」

「もしかしなくても、いつものアレだ。今回はお初も承知しているからド派手にやるぞ」

「お初の方様に怒られないいなら。そうですか、好きに彫れる訳ですね。腕が鳴ります」

「あのね、私を悪者みたいに言わないで欲しいんだけど！」

「ひぇ、お方様」

城周り巡回をしていたはずのお初が知らぬ間に後ろで話を聞いていて、俺と甚五郎の脇腹を交互にぐいぐいと鉄扇で押してきた。

地味に痛い。

「まっ、好きに造りなさいよ。私は今回はなにも言わないから。ただし甚五郎、異国の者共の度肝を抜く装飾にしなさいよ」

言い残して、巡回に戻っていった。

「ふぅ～あっしは今ので玉袋が縮み上がりましたぜ」

「だろうな……。まぁ～今回はお初は何も言わないからとことん萌化《もえ》するぞ、まずは海の玄関口である地中海の港となる港廓の城門に茨城城の鉄朱塗絡繰美少女栄茨万華里温門のさらに装飾を増やした物を作る」

絵図面を甚五郎に渡す。

今回の城門は右門戸の赤色の人造人間エ○ァンゲリ○ン正規実用型2号機、左門戸ピンク色の人造○間エヴァ○ゲ○オン正規実用型8号機、上部に人造人間エ○ァンゲリ○ン試作機山吹色の零号機と、黄色い零号機改を配置する。

門戸の脇には、阿吽《あうん》の像のように左にバイオレットの人造人間エ○ァンゲリ○ン正規実用型初号機、右に白い正規実用型5号機をロンギヌスの槍《やり》を持たせて配置する。

勿論《もちろん》、仮面は可動式、仮面があがると見えてくる金髪美少女、惣流・ア●カ・ラ○グレーと、メガネ美少女、真●波・マリ・イ●ストリ●ス、綾波●イ、碇シ●ジ、渚カ●ル。

「鉄朱塗絡繰栄茨万華里温残酷天使門だ」

絵図面を見せると、

「ほうほう、これなら以前作っているので、そんなに時間をかけずに作れます。あっしにお任せください」

左甚五郎は腕まくりをした。

絵図面を脇から覗《のぞ》いていたお江《ごう》は目を輝かせて、

「うわ～完成が楽しみ～」

喜んでいる。

海からの来客をこの門で驚かせて迎え入れる。

天使を食らうかのような人造人間エ○ァンゲリ○ン。

そこに意味がある。

いかなる者も敵に回れば食らうと言うメッセージを込めている。


「ふふふ、フフフ、腐腐腐」


左甚五郎の到着より遅れて1ヶ月、狩野《かのう》派絵師集団120人も到着する。

ジブラルタル城の襖《ふすま》絵、天井絵の装飾の為に呼び寄せた。

常陸《ひたち》国立茨城城女子学校卒業生などが狩野永徳《えいとく》から絵を学び、さらに俺の萌絵と融合させる集団だ。

「殿様、どう言う絵を描きますか？」

狩野永徳が聞いてくる。

「今回は、お初も了承済みだ。好きに描ける」

「なっなんと、お初の方様が折れましたか？」

うん、心は折れていないとは思う。

「だから、私を悪者みたいに言わないでもらえるかしら！　今回は、日本国の美術技術が他国にひけを取らないことを知らしめ、文化が高いことを表すのに許可したのです。勘違いしないでください」

お初は狩野永徳の物言いに腹を立ててしまったようだった。

「今回、襖絵は日本の神話と萌美少女の融合で描いて貰《もら》いたい。すべての登場人物を萌美少女化とする。弥美《やみ》が描いていた美少女古事記や美少女日本書紀漫画を参考にして」

「ほぉ、それは良いですね。日本書紀、古事記などで一つの部屋を物語り仕立てといたしますか?」

「ああ、その方向性で良い。吉利支丹《きりしたん》の教会は壁画でステンドグラスを使い聖書に書かれている事を表現したりする。来客となるであろう異国人に馴染《なじ》みがあり絵物語として受け取れるだろう。そうそう今回の美少女は肌の露出度を高くして良い。南蛮人の聖女を描くときは乳丸出しなんて当たり前だからな」

狩野永徳と話していると、お初が、

「乳……乳丸出し、くっ、真琴《まこと》様の口車と馬鹿にしていましたが、本当だったのが悔しい」

小声で顔をしかめながら呟《つぶや》いていた。

どうやら巡回の際、ジブラルタルの町に元々ある教会で目にしていたみたいだ。

うちの兵が信徒を弾圧していないか? また逆に反逆の意思を持っていないかを確かめ

るのに時たま出入りしているそうだ。

「嫁達が寝起きする部屋は、嫁達の好みに合わせてやってくれ。いずれ茶々も来る事もあるだろうから茶々の部屋も造っておく、そうだなぁ～装飾は琵琶湖《びわこ》の風景画が良いだろう、それ以外は遠慮なく行くぞ」

「真琴様、姉上様の事は理解しているのがなんか腹立つわ～」

「なんでお初がそこで怒るんだよ！」

「なら私が好む物を当ててみなさいよ」

「お初は海獣だろ？　アシカやジュゴン、あと海ガメとか」

「なっ、くぁ～わかってないようで的確に当ててくる、なんか腹立つわ～」

「当ててるんだからそこは喜ぶ所じゃん」

「も～わかってないんだから」

少し頬を膨らませて部屋から出て行ってしまった。

「なんなんだろ？」

「さぁ～私に聞かれましても」

狩野永徳と二人で首をかしげた。

今回、ありとあらゆる萌美少女を使う。

鬼っ子ラ●・レ●、ハーフエルフ魔女っ子、エミ●アタン、冴《さ》えない何とも感情のないフラットな返事をする美少女や黒タイツが似合う先輩美少女作家、俺と似た名前を持つコインを電撃で飛ばす美少女、お金持ちなのにやたらお馬鹿な五つ子巨乳美少女、魔王の娘なのに下僕を可愛《かわい》がる部長美少女にそれに対抗する巫女《みこ》服《ふく》の悪魔美少女先輩、猿の腕を持つ変態美少女やイエーイと決め顔をする美少女、文房具を凶器にする美少女、猫になってしまうとエロくなる美少女、眼帯をして日傘を武器にする美少女、ポニーテールを武器とする実はお嬢様の中二病美少女、爆裂魔法しか使わない魔女っ子、ドMと言う特殊性癖を持つ実はお嬢様美少女、やたらお酒大好き水芸を極めてしまった女神美少女、先輩は本当に変態さんですねっと言う美少女、宇宙人・未来人・異世界人・超能力者を集めてしまう美少女、それに世界的有名ロボットや、絵にしてしまうと版権に厳しく取り締まり対象で有名な千葉の方にある遊園地のキャラクター、巨大人造人間が出てくるアニメキャラ、茨城県一推し、俺も大好き大洗が聖地となってしまってあんこう祭りには想像を絶する人が来るようになってしまったアニメキャラ、核兵器級魔法を使う最強魔法師高校生兄妹、エロいイラストを描く妹とライトノベルを書く兄の兄妹、自動販売機を背負って冒険する美少女などジャンルを選ばず描いていた下絵を狩野永徳に渡し、それらを使い古事記・日本書紀へのアレンジは任せた。

その襖絵と左甚五郎に頼む欄間などの彫刻と合わせせられるように任せた。

著作権完全無視の萌城だ。

今まで出来なかった物を作るぞ。

◇◆◇◆◇

「あの～失礼ながら申し上げます」

作業工房の見回りをしていると俺に声をかけてきたのは常陸国立茨城城女子学校卒業生の狩野派絵師、北上真緒《きたかみまお》だった。

北上真緒は20歳と言う若さで絵師として一歩抜きん出ている才能を持つ美少女だ。

もちろん、茶々との約束は忘れていない。

常陸国立茨城城女子学校生には手を出さない。

卒業生でもそれは守っている。

茶々と交わした絶対の約束。

確かに側室と呼ぶ嫁は多いが見境なしにやりまくっているわけではない。

なのでこの北上真緒とは綺麗《きれい》な主従の関係だ。

「ん？　どうした？」

「そのですね、美少女だけでなく、美男子を描いては駄目でしょうか？」

「なにか、描きたい物でもあるの？」

「はい、その、衆道を描きたく」

「ぶほっ、ゲホゲホゲホゲホっ」

思わず吹き出してしまった。

「大丈夫ですか？　大殿様」

腐女子も成長してしまったようだ。

「きゃはっはっ、衆道って昔の書物にも出てくる日本文化ですよぉぉぉぉ」

俺の腕を支えとして気怠《けだる》げに付いてくる一応護衛の弥美が、俺の噴き出す額の汗を懐紙で拭きながら言った。

「確かにそうだけど衆道はちょっと俺の趣味では……」

「あら、良いですわね。古事記に記されている日本武尊《やまとたけるのみこと》が熊襲建《くまそたける》を退治した時の記述などを題材にしてみたらよろしいのでは？」

たまたま巡回で工房に入ってきたお初《はつ》が言ってきた。

お初、お前はまさか隠れ腐女子だったのか？

「その記述？　伝記？　詳しくわからないのだけど、お初が描いて欲しいなら……そうだな～いくつか造る予定で進めていた客人を待たせる部屋、その一室はそれで任せるよ」

北上真緒とお初はニコッと笑っていた。

「美男子の下絵必要？」

そう、俺は男性キャラはほとんど描かない。

必要に迫られたときだけ描く。

「いえ、大丈夫です。今まで練習してきましたから」

練習していた下絵を見せてくれた。

それは俺の美少女萌《もえ》え絵から学んだのか、平成でも美男子として通用する男子が描かれていた。

しかも、生々しい凸凹の最中の美男子……。

うん……・。

言葉が出ない。

腕にしがみついている弥美の鼻息がやたらとデカく聞こえる。

弥美、まさかお前もか！

お初はと言うと鼻血を出しながら食い入るように読んでいた。

「ほどほどに、その……局部は描かないで、ほどほどに描いて良いよ。本当、ほどほどにね」

ここで断るとお初の期待を裏切りそうになるので了承した。

萌文化は確実に浸透して、そして、独自の進化を始めていた。

この部屋に通されるキリシタン？　宣教師？　怒らないかな……。

まさに今までにない城になりそう。


ジブラルタル城を建て始めたときから、不敵な「ふふふ、フフフ、腐腐腐」と、笑っていたのは、お初だった。

北上真緒と打ち合わせ済みだったのか？

いつから、お初は腐り出していたのだろう。

まさか、お初がこちら側の住人になるとは思っていなかった。

◇◆◇◆◇

「右大臣様、そのジブラルタルの近隣の村で怪しき病が流行《はや》っているのでした。一人、診療所に来たので診ましたが」

小滝《こたき》はジブラルタル城下に集まってきている難民を診ていて俺に報告してきた。

「天然痘か？　インフルエンザか？」

「肌が黒く変色して死に至る病なのでした」

「肌が黒く……黒死病、ペストか！　小滝、その患者を診るときマスクは？」

「もちろんしていたでした。布と細かい目の和紙を重ね合わせたマスク、それと白衣は部屋を出てすぐに脱いで違う物に取り替えたでした。右大臣様が作らせたあの燃える酒で手は洗っていますでした。生徒達《たち》にも徹底させていますでした」

小糸《こいと》小滝姉妹に医学知識を伝授したときからうちの医師達は特別なマスクと割烹着《かっぽうぎ》風白衣を患者を診るときの正装としている。

そのマスクと割烹着型白衣は石灰で洗濯したあと煮沸して念には念の除菌をしている。

流石《さすが》に使い捨てにするまで大量生産が出来ないので仕方ないだろう。

その事よりペスト、ペストは20世紀になり抗生物質が登場するまで度々流行が起きている。

天然痘ワクチンはなんとか成功したが、抗生物質となると医学的知識を歴史知識で補うのが困難だ。

インフルエンザのように漢方で対処療法も出来ない。

治療には抗生物質が必要。

青カビからペニシリンを作る物語を読んだ事はあったが詳しく覚えていない。

サルファ薬、確か数種類の薬品を混ぜて作る抗生物質が描かれている漫画を読んだ記憶もあるがそれはさらに厳しい。

今の俺に出来ること出来ること……。

「あの右大臣様？」

「あぁ～すまない、記憶を探っていたが効果的治療薬は開発に無理がある。ワクチンも無理だ。ただ、ペスト菌は主にノミを媒体として流行するのはわかっている。だからそのノミの宿主である鼠《ねずみ》を退治する。丁度城造りと町の改造を始めているから上下水道整備に力を入れよう」

　今の俺に出来ることへの出した答えは防疫だ。

「鼠が病気をですか？　でした」

「あぁ、鼠は体内にも病原菌を多く持っているし体に付いているノミやダニが厄介なんだよ」

「あんな小さい虫が」

「黒死病患者の治療は今は諦めて。冷たい判断と思うだろうがこれは病気を広めないための措置。治る見込みは極めてない病気、薬を使って永遠の眠りに就かせてあげて」

「わかっていますでした」

「小滝、下水道整備が整うまで待っていられないからすぐに鼠を捕まえるための罠《わな》と、小さな箱に鼠が入るくらいの穴を開け中に毒を混ぜた餌、鼠殺し団子入れて各地に設置して。それと黒死病が城下内で流行ってないのが確認されるまでは素肌を晒《さら》さないよう徹底させて。特に足元、素足で草履や下駄《げた》は禁止とする。必ず分厚い素材で作られた靴下を穿《は》くこと、足袋を穿く場合は脹脛《ふくらはぎ》を守る為《ため》の脛当《すねあ》てのような物を義務づけて」

うちの者達は平時の履き物は様々だ。

俺がこちらの世界に来た時履いていた靴を模した革靴を俺は愛用している。

それをさらに発展させたブーツ型もある。

常陸国《ひたちのくに》ではそれらは普通に売られている。

だが、慣れた草履・雪駄《せった》・下駄を愛用している者が多い。

和式愛闇幡型甲冑《かっちゅう》なら足元は鉄板が仕込まれたブーツで気密性も高いのだが、常時履いているには重い。

「右大臣様が考えた長い長いあの靴下ですか？」

「長い靴下？　あっ！　ルーズソックス！　そうか！　ノミ対策に良いね。推奨して広めて。ただし、毎日洗濯って決めてね！」

「わかりました」

小滝は鼠捕獲と退治、そして肌を晒さないそれらを医療奉行として進めた。

ルーズソックスがノミ対策と言う特別な意味を持つ靴下としてジブラルタルからヨーロッパ諸国に広まっていくのに時間を必要としなかった。

女子達だけでなく男子までもがルーズソックスを穿く世界線になってしまったことが後に俺は複雑な思いだった。

抗生物質、やはり研究を始めるか。

茨城城で医学を進歩させようと日々取り組んでいる小糸に手紙を書く。

『青カビから梅毒、労咳《ろうがい》（結核）を治す薬が出来る。研究をしてくれ』

「でれすけーーーーーーー！　こんな短い内容でなにをわかれっていうのよ、ごじゃっぺーーーーーーーー」

小糸が茨城城で怒りが込められた遠吠《とおぼ》えを上げていた。

しかし、真琴《まこと》の医術学の秘密を知っており絶対の信頼を寄せている小糸は青カビ研究を始めた。

抗生物質を完成させるまで道のりは長いはず……。

はず……。

◇◆◇◆◇

《とある国》

「夫人、この様な靴下も日本の宰相が作ったと」

とある国で日本文化に強い関心を示している者の元にルーズソックスが渡った。

「まぁ〜これをクシャクシャと段々のようにして穿いている美少女も描かれていましたわね！　なんて雅《みやび》な靴下なのでしょう。そうだ！　貴方《あなた》たちの正装にしなさい」

「えっ！」

黒坂真琴《くろさか》の萌え美少女を参考にして作られたセーラー服を着せられていた侍女達が戸惑いの声を出した。

「なに？　文句があるならこうでしてよ」

鞭《むち》を振り上げると、侍女は頭を下げて大きく首を振った。

「とんでもございません。主の仰せのままに」

「それでよろしくてよ〜おっほっほっほっほっほっほ」

◇　◆　◇　◆　◇

ジブラルタル城の天守は現在黒い幕を掛けて作業をしている。

その幕の中では左甚五郎《ひだりじんごろう》とその配下が漆黒の望楼型天守に遊興彫りの装飾を続けている。

茨城城の天守は108体の美少女が装飾されている。

しかし、ジブラルタル城の装飾はその上を行く。

倍の216体の美少女を所狭しと壁に装飾、鬼瓦も美少女顔の萌鬼瓦だ。

VTuber? 鬼の子だ余。

めちゃくちゃ可愛《かわい》い鬼瓦だ余。

天守の外観すべて216体美少女を数えるのは困難なほどにしてある。

しかし、外観にあしらわれた美少女は下品にはならないように衣服の面積は多めにし、和やかに畑仕事をしていたり、商売をしたり、読書したり、水浴びをしていたりする日常生活物語風になっている。

美少女がただ乱雑に描かれているわけではなく、すべての者が笑顔で生活している物語だ。

誰でも笑顔で生活する世を作るというメッセージを込めている装飾だ。

そして雷よけの受雷神槍《じゅらいしんそう》も龍ではなく、美少女に持たせている。

一人は爆裂魔法を愛する魔法使い美少女が杖《つえ》を空に掲げ、一人は甲冑に豊満な胸をしまっているドMな戦士美少女が空に剣を掲げている。

杖と剣は純銀で出来ていて、それは地面に鎖でつながっている。

以前も城を造る際に俺が取り付けさせている避雷針だ。

それを『受雷神槍』と名付けたのは織田信長《おだのぶなが》だ。

まあ、今回は槍《やり》ではないのだが高々と掲げられた杖と剣は避雷針として役目を果たしてくれるだろう。

めぐ[redacted]んの杖に雷が落ちる瞬間とかインスタ映えしそうだな。

などと考えて建設中の城を写真に収めた。

今回の装飾にはインカとマヤの多大な協力があって、金だけでなく宝石類の提供もたくさんあった。

そのため装飾の美少女達は日差しの角度によってキラキラと荘厳に輝く。

なんか、ツバメだかが宝石をどっかに運んでいくような童話あったような……。

みすぼらしくなって取り壊される像の話とかあったが、そうならないことを願おう。

輸送されてくるパネル工法に加え、蒸気機関の絡繰《からく》りを応用して試験的に造らせた歯車仕掛けの木材切削加工機、平成のプレカット工法も試したところ工期は大幅に短縮され、築城開始から1年で大枠の形は完成していく。

夢の集大成の城、完成が目前だ。

◇◆◇◆◇

《真田《さなだ》幸村《ゆきむら》》

御大将よりイスパニア帝国のポルトガルと呼ばれる国の切り崩しを仰せつかった。

広大な国を相手にすると言うことに胸が高鳴る。

だが高まる気持ちを抑え慎重に進めなくては。

「佐助《さすけ》、才蔵《さいぞう》、忍びの者ども、特に言葉が長《た》けた者達を行商人に化けさせ大きな町に潜入させよ。イスパニア帝国海軍は日本国に惨敗したこと、そして日本国は強大な武力を持ち次々と兵を送ってきていると噂《うわさ》を流せ、だが国の根幹、文化や信じる神まで奪うつもりがない日本国宰相・黒坂常陸守《ひたちのかみ》真琴だと言いふらせ。それに従う者は庇護《ひご》されるとな。日本国は国民皆が一日三食食べ空腹のない国だと言いふらすのだ」

イスパニア帝国、我が殿と戦うあまり、軍事費に事欠き国民から税を搾り取り、国民の多くは食べることさえままならなくなっている。

そこに噂を流しイスパニア皇帝フィリッペII世への不満を高まらせる。

それと同時進行で民をこちら側に付かせる。

「扇動と共に各地のフィリッペII世への忠誠が変わらぬ様な貴族など有力な者は暗殺せ

よ」

「はっ、しかと」

佐助・才蔵が配下の元に急ごうとするのを引き留め、

「待て、これも付け加えよ。いつまでもグズグズとフィリッペⅡ世の元で日本国と対立しているとイスラム教を信じる者どもがまたここの奪還に乗り出すとも付け加えて噂を流せ」

「オスマントルコが攻め寄せるのでございましょうか？」

猿飛《さるとび》佐助が聞いてきた。

「いや、オスマントルコ帝国とは上様が結ばれた同盟がある。さらに対岸では真壁氏幹殿《まかべうじもと》が港の砦化《とりで》を始めておられる。もし攻めてくるなら先《ま》ずそこを落とさねばならず動けぬはず」

「鬼真壁様なら安心でございますな」

「いや、虎視眈々《こしたんたん》と大軍を準備し狙っているやも知れぬ。我が軍も泥沼となりイスパニア帝国と拮抗《きっこう》した状態が続いてしまうとそこを突かれかねない。イスパニア帝国はスペインとポルトガルと御大将の知識、地図では書かれている。早々にポルトガルだけでもイスパニア帝国から独立させ日本国側としたい」

「はっ、では少々の無理は……」

「構わぬ。憎まれている領主の遺体をむごたらしく町に晒すくらいならして良い。御大将がそれをお怒りなら責めは儂《わし》が取る」

「大殿様ならそのような事は戦略として納得していただけましょう」

霧隠《きりがくれ》才蔵は頷《うなず》きながら言った。

「蒲生氏郷《がもううじさと》様、慶次《けいじ》殿の配下と連携しながら始めよ」

「「はっ」」

◇◆◇◆◇

ジブラルタル城の陸地側入り口、一番外側の門、大手門の装飾の指示を出す。

大手門、ジブラルタル城を訪れた者が最初に目にする門だ。

最強的萌《もえ》門にしたい。

可愛ければ変態な門でも好きになってくれますか？

なんか、そろそろ天の声から怒られそうな気もしないでもないが……良いだろう。

門の扉には美人書道家ドM先輩と、ドS美少女後輩に、ツンデレ同級生腐女子、匂いフェチ同級生に、血のつながりのない露出好きな妹を配置する。

門の上部には所狭しと今まで描いてきた美少女達《たち》が細かく装飾される。

やはりジャンル問わずにありとあらゆる美少女達。

人間も日本人だけでなく、肌の黒い美少女もいれば、肌の白い美少女もいる。

目も黒、茶色、青、赤の美少女達。

中には毛獣耳の美少女も彫られる。

左甚五郎の生き生きとしたリアルな彫刻の視線は門を潜《くぐ》ろうとする全ての者を見つめる。

遠くから見ると微笑《ほほえ》んでおり、門を潜ろうとすると睨《ね》め付けている表情になる。

見る角度で全く違う表情になる。

何百という視線が自分に向けられる。

通ろうとする者を脅すように。

その彫刻に彩色を施すのは狩野《かのう》派絵師集団だ。

彩色する絵の具には細かくした宝石が練り込まれており、昼間は普通に美少女の装飾に見えるが、夜は月夜に照らし出されるとキラキラと光り輝くようになっている。

手の込んだ細工が得意だからこそ出来る代物。

美少女の装飾およそ10000体。

正確には数え切れない。

「マコ～、この門の名前は？」

「ちゃんと考えてある。ジブラルタル城・大手門・世界平和祈願美少女微笑美門だ」

「少女達がなんの心配もなく暮らせるって本当の平和だと思うから良いと思うよ」

お江《ごう》はニコニコと答えてくれて、お初《はつ》を見ると意外にも目をウルウルとさせて手を胸元で小さく叩《たた》いて感動している様子だった。

すべての人種が微笑む姿を表現している。

日光東照宮陽明門を遥《はる》かにしのぐ装飾の門。

完成式までは黒い幕で隠しているが、お江が度々見に行き、幕の中で一日中見ていた。

見飽きることのない門。

萌の耐性があるお江ですら魅了する門だ。

この門に大砲や鉄砲を向けることは罪の意識が芽生えそうな門。

そこには必ず、自分の娘や、姉妹、恋人、思い出の人、憧れの人、忘れられない人、それに似た人がいるように多種多様な美少女が彫刻されている。

「マコ〜、ねえねえ、あれ茶々《ちゃちゃ》姉上様に似てるよね。あっ、あっちは初姉上様、ラララちゃんみっけ、あっ、小糸《こいと》ちゃんもいる」

10000体以上いる中からお江は探していた。

◇◆◇◆◇

大手門・世界平和祈願美少女微笑美門を通って最初に目にする物にもインパクトを出す。

それは千葉県にある、某ネズミーCランドのような地球儀を考えたが、それではインパクトが薄い。

いや、この時代の人々にとってはインパクトがあるだろう、俺がそれでは納得出来なかった。

水車を動力として回転させるつもりなのだが、それでは地球が中心的なオブジェになってしまう。

そこで考えたのは太陽を中心とした太陽系惑星天体模型立体像だ。

太陽、水星、金星、地球、火星、木星、土星、天王星、海王星、冥王星。

冥王星は準惑星扱いなのは知っているが敢《あ》えて加える。

見る者が見れば、発見されていない天体の存在すらを知る天文力の高さに驚くだろう。

史実では、天王星１７８１年発見、海王星１８４６年発見、冥王星１９３０年発見、それまで観測された事はない。

16世紀から17世紀と言えば望遠鏡の発明合戦になっている。

地動説を唱えるガリレオ・ガリレイなどだって作っており有名だ。

この時間線ではさらに望遠鏡研究や天体観測が加速している。

まぁ〜俺の学校で教えているからが大きな要因なのだが、それが続けば発見は早まるはず。

このオブジェに日本はもう知っているんだぞ！　そんなメッセージを込めている。

太陽系惑星天体模型立体像・水星、金星、地球、火星、木星、土星、天王星、海王星、冥王星を黄金で出来た太陽の周りを水車動力で動かすオブジェ、大手門を潜って最初に見る物とした。

周りの壁は黒に宝石を混ぜた絵の具で塗り、満天の宇宙を表現する。

その中で太陽系惑星天体模型立体像が動く仕掛け。

蒸気機関を完成させているうちの技術者にとってはそのような物は簡単に作れていた。

これを見た者が理解できるかが問題。

「まだまだ、まだまだ足りない」

「御主人様、何が足りないというのですか？　日が落ちてきたので行灯《あんどん》に火を入れますね」

桜子《さくらこ》がそう言って執務室の行灯に火を点《とも》した。

「灯《あか》り……灯り！　そうだ、シャンデリアだ」

「吃驚《びっくり》したぁ、どうしたんですか大きな声を出してぇ」

「今、良いのを思いついたんだよ、ありがとう桜子」

占領した砦には天井から吊《つる》された蠟燭立《ろうそくた》てがあるが、砦のためかなり質素な作りの物だった。

普段、取り扱いしやすい床置き型行灯・蠟燭立てを使用していたため、あまり気にもしていなかったが、ヨーロッパと言えばシャンデリア、映画やアニメで度々見たことがある。

舞踏会で会場を明るく照らすシャンデリア、シャンデリア文化だ。

早速萌えなシャンデリア製作に取りかかる。

美少女達に蠟燭を持たせ、ダイヤモンドで作られた玉のれんのスカートを穿《は》かせる。

ダイヤモンド加工は既にアメリカ大陸占領時から始めており手元にいっぱいある。

大変硬く加工しにくいため、まだ値打ちが上がらず買い手がない。

うちでは少しずつ装飾品に加工している。

ダイヤモンドをシャンデリアに活用して、来客にその輝きを知ってもらえば価値も上がるし、また硬いダイヤモンドを加工する技術を持っている事が伝わっていけば技術力の誇示にも繫《つな》がる、一石二鳥だ。

台座となる美少女は加工しやすい青銅製として金箔《きんぱく》と銀箔を使えば見栄えも良いだろう。

簡単な設計図を描きインカの金細工職人に渡すと予想以上に活躍してくれ、見事な萌えシャンデリアが完成した。

「夜でも昼間のような明るさの灯り、凄《すご》い……美少女じゃなかったらどんなに良かったか」

「お初ならそう言うと思って十二支バージョンも作ってもらったから」

狩野派の正統な絵で十二支を描いてもらい、それを金細工職人にシャンデリア化してもらった。

「元々、日の本では十二支で時を表していたのでこれを方角に合わせて天井に飾るのは私は賛成ですよ」

お初や家老の職にある者が俺の代わりに来客対応する為《ため》の部屋に正統派十二支シャンデリアは設置した。

お初に好評だったので、来客宿泊用部屋に案内する。

「お初ならそう言うと思って、こっちの部屋は美少女化した十二支バージョンシャンデリアを。痛っ」

脇腹に鉄扇の一撃を喰《く》らう。

「だから〜なんで十二支まで美少女化しちゃうのよ！」

今回城の装飾に口を出さないはずのお初は怒っていた。

◇◆◇◆◇

ジブラルタル城は1年6ヶ月と言う脅威のスピードで完成が間近となった。

「さてと、ここからが大詰め、各地の国、王、領主、貴族に招待状を送る」

「そうね、作るだけ作って誰も招かなかったら宝の持ち腐れですものね」

「お初、間違いなく届くように手配してくれ」

「わかったわ」


完成披露式の招待状をハプスブルク家、バチカン、神聖ローマ帝国、イギリス帝国、オスマントルコ帝国、などなどに出した。

敵対する仲だがジブラルタル城・建築の噂《うわさ》ぐらいは広まり気になっているであろう。

日本国の国力を見せびらかす為の絶好の機会。

この城で驚くが良い。

「ぬはははははっ、みんな萌え萌えキュンってなれ、ぬはははははははっ」

「ぬはははははは、ではないわ！　馬鹿か」

バシッ

「う～痛い」

俺を不用意に叩ける人物はそうそういない。

俺には警護がもちろん四六時中付いているのと仲が良い関係でも俺は異質な存在なのだ。

安土《あづち》幕府に臣下の礼を取っておらず、扱いはこの世界に来たままで『織田信長《おだのぶなが》の客分』。

少々無理な設定な気もするが、実際がそうなのだから仕方がない。

そんな俺を叩けるような人物……。

正室茶々か、対等な関係性を築いたお初か、はたまた義母お市《いち》様か……そして義父・織田信長くらい。

そして、今回叩いてきたのは勿論《もちろん》、織田信長だった。

「あっ、久しぶりですね。相変わらずよく日焼けしてますね」

織田信長はハワイに逗留《とうりゅう》している事が多くなり、こんがりと日焼けしている。

「なにが久しぶりだ。任せていたらこんな傾《かぶ》いた、いや、萌《も》えた城を造りおって」

「はははは、素晴らしいでしょ」

「ああ、常陸《ひたち》の美的価値観を知らぬ者が見たら腰を抜かすような物であるな。そして、あれはなんだ、大手門から入った所にあった飾りは？」

見ながら説明した方がわかりやすいので大手門に移動して、

「これは、あそこが地球でこちらが太陽なんですよ。太陽を中心に回る惑星を表している模型なんです」

説明すると、

「ほほ〜う。地球儀は見ていたが太陽の周りをこのように歪《いびつ》に動いているのか？　ちなみに月はどれじゃ？」

「あっ、月を忘れてた。月は地球の周りを動いてる星になります。月、作り足さなきゃ馬鹿にされちゃうなぁ」

織田信長の言葉で月を作らなかった失敗に気が付きすぐに追加した。

「南蛮の者どもは地球を中心に他の天体が動いていると言うが、未来の観測ではこのような物だとわかっているのだな」

「しかもこのような太陽系みたいな物は宇宙に無数に存在するのですよ」

「では、他の星の民人と交流したりするのか？」

「ん〜俺の時代でも地球から月に行くのも簡単ではないですからね。他の星の生命体との接触は正式にはしていないのでわかりませんが、地球と似たような環境を持つ星があるとは言われているので、俺が育った年よりずっと先には交流するかもしれませんね。秘密裏に接触している国があるとかは噂がありましたが眉唾の話」

「はははは、なかなか面白い未来物語よの〜。それで？　儂《わし》の部屋も萌えているのか？」

織田信長が居住する御殿に案内する。

その部屋はごくごく普通の和式書院造りにしてある。

襖《ふすま》も欄間も花鳥風月。

「なんだ、面白くない」

織田信長は萌えを期待していたのかな？

「え？　萌え美少女に改装します？　左甚五郎《ひだりじんごろう》がいるのですぐ出来ますよ。欄間は取り外し可能なので交換出来ますし、襖も他のと交換出来ますよ」

「いらん。鬱陶しい」

どっちなんだよ！

「美少女ではなく、その宇宙とやらの装飾にせよ」

「あ～なるほど、そういうことですね。わかりました」

襖を宝石を混ぜた絵の具で塗った物に変更して、天井にも星座を描いてみた。

欄間は俺が下絵を描いたスペースシャトルやロケット、人工衛星などを彫刻して貰《もら》う。

「これが何なのかあっしにはわかりやせんが、このまま彫刻すれば良いなら3日待ってくだせえ、すぐに彫り上げますってんだい」

織田信長の居室と言うことで、左甚五郎はいつにもまして張り切って彫ってくれ見事な未来乗り物欄間を完成させた。

「俺が住んでいた時代はこのような乗り物を作って地球の外に出るんです」

説明すると織田信長は嬉《うれ》しそうに眺めていた。

その視線はテレビでたまに見かけた昔の映像、初めて月に人類が降り立つ中継を見守っている少年の顔だった。

何歳になっても好奇心旺盛な織田信長にとって宇宙も行きたい場所なのだろう。

織田信長はロマンチストだ。

◇◆◇◆◇

1603年3月24日
史実世界線ではこの日、徳川家康《とくがわいえやす》が征夷大将軍《せいいたいしょうぐん》に任じられて江戸幕府が開府する日なのだが、俺がいるこの時間線では全然違う意味を持つ日となる。
それは地中海で日本国の拠点となるジブラルタル城の完成式典を行った日。
各国に招待状を送ると、友好的関係を結んでいる民族ハワイのプルルンパ大王の使者や、友好国であり皇帝が俺の側室であるインカ帝国皇帝ファナ・ピルコワコの使者・アスティカ帝国の使者の他、マヤ帝国、オーストラリア大陸からもアボリジニの族長、不可侵条約を締結しているイギリス帝国の海軍提督フランシス・ドレーク、オスマントルコ帝国次期皇帝アフメトⅠ世、まだ正式な接触はしていなかったフランス王国の国王アンリⅣ世の使者もいる。

そして驚くことにバチカンから使者はルイス・ソテロ。

そして、その連れに一人の中年の男性がいた。

さらに神聖ローマ帝国ルドルフⅡ世の使者・ルーラント・サーフェリーも来ている。

当然だがイスパニア帝国の使者は来ていない。

もちろんこの完成式に暗殺などという野暮ったいことを企てていないと招待状に書いている。

信じるか信じないかは相手次第だが、どうやら正式な同盟・条約を締結していない国は暗殺されても良いくらいの身分の者を使者にしたようだ。

オスマントルコ帝国は貿易を通じて織田信長自らがそれなりの関係性を築いてきたので、王子自ら出向いてきたそうだ。

それだけ日本国の力が魅力的で接近したいのだろう。

他にも地中海を中心に生活する少数民族の使者も来ていた。

その方々を一堂に揃《そろ》えた。

地中海からの玄関口である鉄朱塗絡繰栄茨万華里温残酷天使門で、すべての者が立ち止まり口を大きく開け停止していた。

あまりの驚きで思考力低下、語彙力も低下していたようだ。

静寂に流れ始める雅楽でようやく我に返ったようで硬直が解ける。

まるで魔法のようだな。

城内の庭を通り東郭から一度、城の外にわざと案内する。

そして、大手門の外に椅子を並べてあり、そこで待機して貰った。

まだ大手門と天守には黒い幕が掛けてあり全貌は見えない。

「えぇ、この度はわざわざ来ていただきありがとうございます」

と、挨拶をする。

ララが鍛えたうちの家臣達《たち》がそれを通訳する。

「これより御覧いただくのは我が国、日本国の技術の粋を集めた物。日本国は武力だけでなく、芸術にも力を入れております。東国の小さな島国、成り上がりの国家と侮るなかれ、いざ」

俺が軍配を高々と上げると屋根に上って待っていた忍びの家臣達が幕を切り、下で待っていた家臣達が一気に引っ張り幕を取り払った。

茨城城で一度行っている演出だ。

大手門・世界平和祈願美少女微笑美門。

そして、ジブラルタル城天守・萌萌《もえもえ》天守が一気に姿を現した。

その除幕をお初《はつ》が俺のスマートフォンで動画を撮影していた。

「……」

「……」

「……」

「……」

「……」

硬直する来客。

その姿を見て織田信長は満足げな顔をしている。

「ぬはははははは、貴公達の国の文化より劣っているか？　日本は？　どうだ？」

その言葉が通訳されると、自然と拍手が起きていた。

中には声をあげて号泣してしまう者さえいた。

俺は萌萌美少女の勝利を確信した。

『ミケランジェロの再来は本当だったのか』

『レオナルド・ダ・ビンチの再来か』

『ラファエロの再来か』

『いや、そんな者達よりも遙《はる》かに前衛的、これはどういうことだ……』

そんな声が次々に聞こえてきた。

俺が……いや、日本発祥秋葉原萌文化はルネサンスの三大巨匠に勝ったのだ。

平成秋葉原文化と名工・左甚五郎、そして狩野永徳《かのうえいとく》の合わさった芸術作品が世界の人々を驚かせたことに俺が嬉しくジーンと心が熱くなり感動しているなか突如、

『キエーーーーーーー』


皆が除幕された天守に夢中になっていると、後方にいた筋肉隆々の男がサーベルを抜き来客を押し退け織田信長の元へ突撃を始めた。

奇声にたじろぐ来賓客、俺はすぐに織田信長の前に出ようと太刀に手をかけ移動、迎え討つ体勢になると後ろから、

「常陸、どけ」

ドスの利いた織田信長の声、するとスッとマントに隠れていたリボルバー式歩兵銃を構え6発の発砲音が。

斬りかかろうとした男は織田信長が撃った6発の銃弾を全弾体に受けて倒れピクピクと

て、心臓を一突き。

痙攣《けいれん》、口から血を吹き出し虫の息になった。それに向かって近づく織田信長《おだのぶなが》は太刀を抜い

太刀をグリグリとして、その男の心臓を取り出した。

微《かす》かにまだピクピクと動いている心臓を来客に向けて、

「他にはおらんのか?」

言い放つと、コクリコクリと頷《うなず》いていた。

6発連発式銃が目の前で撃たれた衝撃は大きかったのだろう。

この出来事、あとから聞かされたが織田信長の仕込みだった。

捕まえた敵兵にもし織田信長に傷を付けることが出来れば無罪放免してやると取引きをしたらしい。

リボルバー式歩兵銃を背負っていたわけだから解き放つ気などさらさらなかったわけだが、この場を使って目の前でうちの銃の威力を見せたかったそうだ。

こういうことは事前に俺にくらいは知らせて欲しいよ。

「あとの案内は常陸《ひたち》に任せる。宴席には顔を出す」

スタスタと織田信長は自室に戻って行ってしまった。

「お初、紅常陸隊に指示を、次抜刀した者はすぐに射殺するように命じて、俺の指示を待たなくて良いとね」

「わかったわ」

「皆様の安全は当方でお約束いたします。どうかこのまま城の中へ」

ララ達に通訳してもらう。

来賓客は戦場なれしているのであろう。

すぐに静まり、何事もなかったかのように平然とした顔を取り戻していた。

静まり返った客を大手門・世界平和祈願美少女微笑美門から城の中に案内する。

城の中に入って最初に目にする物は、太陽を中心とした太陽系惑星天体模型立体像だ。

太陽、水星、金星、地球、月、火星、木星、土星、天王星、海王星、冥王星が水車の動力で回っている。

見る者、地球儀を知らない者にとっては単なる球が動いているオブジェでしかない代物だ。バチカンの使者にとっては教義を逸脱する、いや、冒瀆《ぼうとく》と言って良い地動説の天体模型立体像。

『これは何なのですか？』

『太陽の周りを回っているわちきたちが住む地球とその他の天体を模型にした物でござりんす。水車を利用した絡繰《からく》り、地中を通した歯車で動いているでありんす』

ララが説明すると、ルイス・ソテロはしばらく沈黙で見続けた後、ようやくそれについて理解したようで、しかめっ面となり何も言わずに見ていたが、そのお付き人である中

年の男性が、

『やはり、地球が回っていると知っているのか？』

「と、言っているでありんす」

ラララが通訳を続けた。

「ええ、地球が宇宙の中心などと言うのは非科学的なこと。観測をしっかりした者ならわかるはず。地球は太陽の周りを動いている一天体にすぎません。地球がこの宇宙の中心などと思っていたら考え直すべきです」

『私は観測してきた。だがそれを言うとバチカンが否定した。神の教義に反すると、しかし、それでも地球は回っている！　間違っていない。それを日本の宰相が理解し教育として広めているなんて私は感動で……』

目を潤ませ興奮混じりに言うのをラララが若干戸惑いながら通訳してくれた。

「あなたの名前は？」

『ガリレオ・ガリレイと申します』

「ガリレオ・ガリレイ来たーーー！　痛っ、鉄扇で横腹を突き刺すのやめてくれよ、お初～」

お初は素知らぬ顔をして咳払《せきばら》いを何度かして、俺に自重を促す。

それを見たラララは俺の感動を通訳していけない事だと感づき、沈黙した。

「わかったから。わかったからさ〜。ガリレオ殿、前に手紙をくださいましたね？　ララ通訳して」

『よかった、あの手紙が届いていたなんて。あなた様のお噂《うわさ》を耳にしたので書いたのですが……。私は間違っていないのでしょうか？』

「間違っていません。地動説が真実なのです」

『ガリレオ・ガリレイ、なにを話している。お前は日本国の技術を評価するために連れてきているのだぞ』

ルイス・ソテロが語気を強めて言って邪魔をしてきた。

『ルイス・ソテロ様、勝てません。バチカンは科学を否定する。しかし、日本国は純粋に科学に目を向けている。先ほどの鉄砲といい、この天体模型立体像がその現れです。科学を否定すれば必ず進化が止まります。それがあの銃火器の差に、造船の差に出てきているのです。負けを負けと認めましょう』

『なにを言うか、地動説などを唱えおって、帰れば再び異端児として裁判にかけてくれる』

ララが慌てながら通訳をしてくれた。

「宗教裁判か、馬鹿馬鹿しい。ジョルダーノ・ブルーノのように火炙《ひあぶ》りにでもするのか？　ルイス・ソテロ、ガリレオ・ガリレイを殺したとき、俺が完全な敵になることをローマ教皇に伝えよ。ガリレオ・ガリレイは俺の友人とする」

『私が友人？　とんでもない、私はあなたを師と仰ぎたい』

俺の前に片膝を突いて一礼するガリレオ・ガリレイをどけるようにしてルイス・ソテロが、

『常陸様、それは困ります』

先ほどまで怒りで赤くなっていた顔が一瞬にして青ざめていた。

「ふふふふふっ、真琴《まこと》様、本当大将として中々良い駆け引き出来るようになったじゃない」

お初が耳元でこっそりと言ってきた。

「おっと、びっくりした。変な事言ってないで頭で組み立ててた台詞《せりふ》忘れるところだったよっとに。さて、ルイス・ソテロ、そろそろバチカンの態度を示していただきたい。帰って、しっかりと話されよ。これ以上の先延ばしは許されぬぞ」

俺はそう言って二人を家臣に任せて他の客人をもてなすために城に入った。

◇◆◇◆◇

ジブラルタル城の完成式の宴会を本丸御殿で行うように準備してある。

本丸御殿の100畳の広間にはブッフェ形式で料理を並べた。

唐揚げ、とんかつ、カレー、ラーメン、天ぷら、伊達巻き、たこ焼き、お好み焼き、ポテトチップス、萌《もえ》とケチャップで書いたオムライス、納豆餅、ずんだ餅、トルティーヤ、砂糖がふんだんに入ったバームクーヘンなどなど今まで作ってきた料理を料理方が熱々で絶やさぬよう運んでくる。

勿論《もちろん》、イスラム教の方にも配慮してハラールと言うルールに基づいて作った料理コーナーも用意した。

酒は『御神水仕立て御祓《おはら》い済み御神酒・黒坂《くろさか》』シリーズに、茨城城下で造られた美少女足踏み搾りワインを用意、もちろんアルコールを使用していない果実100パーセントジュースだってある。

21世紀なら皆が知っている料理だが、この時代はそうではない。

その見たことも食べたこともない料理に驚く客人達《たち》。

その腹を満足させられるだけ用意してある。

唐揚げのなくなるのが早い早い。

料理方になっていた紅常陸隊は大忙しで揚げ物を次々に揚げている。

様子を窺《うかが》いながら補充する料理の指示を出していた桜子《さくらこ》が、

「私達が作る料理、世界の人々が喜ぶなんて流石《さすが》です御主人様」

目をウルウルと輝かせて言っていた。

「人の心を摑《つか》むときは先ず目から入《ま》りそして胃袋だ」

「はい、御主人様」

饗応《きようおう》役を以前に経験しており感じた事で今回大いに役立っている。

料理、盛り付けられる皿は薄い薄い磁器。

描かれているのは勿論、美少女。

コップはガラス製だ。

高温に耐えられる窯の技術を持つ当家ではガラス製品製造も可能。

すべて日本製で揃《そろ》えた。

見る者が見ればそういった物を作る技術を持っている『国』であるのがわかる。

オスマントルコ帝国次期皇帝アフメトI世が通訳を通して、

『城の装飾も素晴らしいが料理も素晴らしい、そして、このような器を作る技術。素晴らしい。どうか、我が国と不可侵条約と言わずに友好的同盟をお願いいたします。いや、我が妹を差し上げます。どうか、兄と呼ばせてください』

突如言ってきた。

軍事だけでなく、完全に文化水準が飛び抜けて高い国に近づこうとするのは当然だ。

だが側室？

お初《はつ》に目をやれば、視線を逸《そ》らした。

自分で答えを出せと言うことか？

異国の姫、権力者の娘を差し出されるなど想定済み、あとは人となりを見てお初が許可してくれる。

少し迷って出た答えは、

『前向きに検討いたします』

曖昧にして和やかな表情をして返事をした。

イギリス帝国のイギリス海軍提督フランシス・ドレークもまた、

『素晴らしい。このような陶器、是非とも祖国に欲しい。どうか、強い絆《きずな》で結ばれた同盟国となり貿易をしていただきたい。聞くところによると、常陸様は女性がお好きだと。いや、勘違いなさらず、女性を対価として支払うなどとは考えていません。私の16歳になる娘を嫁がせたいと思っております』

と言ってくる。

こちらにも、

『前向きに検討いたします』

曖昧に返事をする中、鋭い視線を感じたが、うん、放置しよう。

神聖ローマ帝国ルドルフⅡ世の使者・ルーラント・サーフェリーは料理を食べ、難しい顔をしていた。

『負・け・た』

小さく呟《つぶや》いた言葉を給仕として潜み働いているうちのくノ一が聞き逃すはずもなく、ララにその言葉を伝え、ララが、

「……と、言っていたそうでありんす」

「そうか、引き続き彼らがどんな言葉を口から漏れ出すか彼女達に注意をするよう指示を出してくれ」

背の襖裏《ふすまうら》で忍んでいるお江《ごう》に指示を出す。心が折れたのかもしれない。

軍事に負け、文化でも負けた。

そうなれば残される道は玉砕覚悟か、屈服に近い同盟の申し出しかない。

イスパニア帝国と心中するとは考えにくい。

バチカンの使者のルイス・ソテロも同じような顔をしていた。

敵方で唯一違う表情をしていたのは、ガリレオ・ガリレイだけ。

見る物すべてに興味を持ち、接待をしているうちの家臣を質問攻めにしていた。

とても生き生きとした表情だ。

『凄《すご》い、給仕をしている下働きの女子《おなご》まで様々な事を知っている。丸い地球でなぜ人は空

に落ちていかないか……そんな事までジパングは教育しているのか！』

　アイザック・ニュートンはまだ生まれていない。

　だが、天体を説明するうえで物と物が引き合う力が発生している事を知識として知っておかないと不便がある。

　例えば海の満潮干潮、これは地球と月が引き合う引力によって発生する。

　それをうちの学校では教えている。

　質問攻めにあっている生徒が困り果てた顔をしていたので近くに行き、

「ははは、そんなに慌てて聞かなくても、良かったらまた遊びに来てください」

　目に余る興奮だったので席を立ち近づき、声をかけた。

「キテヨイノデスカ？」

「あれ？　日本語？」

「スコシダケベンキョウシマシタスコシダダダケ」

　たどたどしい日本語だったがちゃんとわかるが、ラララに通訳を続けてもらい、

「勿論ですとも。ああそう言えば一つ忠告を。太陽は見つめると視力を失います。黒点の観測をしたいなら投影法と言うやり方があるので教えますね。誰か望遠鏡と今から書く物持ってきて」

　家臣に持ってきてもらった望遠鏡を使い、望遠鏡に白い板を取り付けてレンズから出た

太陽光線を白い板に映して間接的に観測するやり方を教えた。

『なっなんで、そのようなことまで知っているのですか？』

当然驚くよな。

「ふふふ、禁則事項です」

唇に人差し指を当ててそれ以上のことを語るのはやめた。

「御主人様、それ通訳するとき真似《まね》てするでござりんすがなんか恥ずかしいでござんす」

ララは顔を真っ赤にしながら同じ動き、声色も微妙に変え通訳していた。

途中から上段の間の椅子に座り様子を窺っていた織田信長《おだのぶなが》はと言うと、桜子が運んだカツカレーを食べ満足げにふんぞり返り偉そうに座りながら皆を眺め観察していた。

この先どうなるかはすでに織田信長は予見しているようで、何も言わずモクモクとカツカレーを食べる表情は誇らしげに見えた。

◇◆◇◆◇

訪れた来賓に萌美少女陶器・萌美少女漆器・バームクーヘン・常陸国《ひたちのくに》で力を入れて作っている日本刀水戸刀を土産に持たせた。

《とある国》

「陛下、最早《もはや》イスパニアに勝ち目はございません。切り捨てるがよろしいかと」

「そんなにジパングは優れた国なのか？」

「この目でしかと見てきた城、攻め込めません。絡繰《からく》り細工で動く扉や天球儀を目にしてきたのですが必ずやあの城は絡繰り細工で鉄砲や弓矢も撃てるかと。少ない兵しかいないようでございましたが、大軍で押し寄せても負けるだけ」

「……そうか絡繰りで兵力を補っているかもしれぬか」

「ここはポルトガルを捨て日本と交易をする約定をすべきだと存じます」

「黄金の国ジパング、支配しようとしたのが間違いだったか」

「今は潮目の変わり時、イスパニアから日本に流れが向かっているかと」

「わかった、流れて我が国にその恐ろしい船が来ないよう任せる」

「はっ、では早速大臣達と話し合って親書をしたためます」

「うむ、任せた」

◇　◆　◇　◆　◇

ジブラルタル城完成式の宴《うたげ》が催されてから丁度1ヶ月が過ぎ、神聖ローマ帝国ルドルフⅡ世の使者・ルーラント・サーフェリーとバチカンの使者のルイス・ソテロが揃って訪れた。

「信長様、会います？　俺が対応しますが？」

ネイティブアメリカンの側室の膝を枕にして昼寝をしていた織田信長に聞くと、

「常陸の思うようにして参れ、儂《わし》が会う必要はなかろう」

織田信長は俺に全て委ね、会う気ないそうだ。

広間に通されていた使者の元に行くと、お決まりの挨拶のあと、

『我が主ルドルフⅡ世の親書をお持ちしたので御覧いただきたくお願い申し上げます』

俺は親書をラララに翻訳して貰《もら》った。

「『イスパニア国王フィリッペⅡ世の討伐に対して神聖ローマ帝国は関与せず。イスパニア帝国の支援をしないと約束致します。神聖ローマ帝国は日本国との友好的関係を構築致したくよろしくお願い致します』だそうでありんす」

「そうか、ありがとう、ラララ。さて、神聖ローマ帝国使者ルーラント・サーフェリーに聞く、ハプスブルク家はイスパニア帝国皇帝を見捨てると言う見解で良いのだな」

『御意。フィリッペⅡ世の処分に対しては反対することは今後ございません』

それに続いてルイス・ソテロも、

『バチカン・ローマ教皇クレメンスⅧ世の親書も御覧いただきたくお願い申し上げます』

「ラララ、読んでくれ」

「『イスパニア帝国国王フィリッペⅡ世は日本国の使者である織田信雄《のぶかつ》様を勝手に殺した者、その者の首を取る事を承認致します。また、フィリッペⅡ世が匿《かくま》う高山右近《たかやまうこん》についてはバチカンは与《あずか》り知らぬ事、どうぞご自由に処分してください』と、書かれているでありんす。変わった紙？　でありんすなぁ、はい、常陸様」

羊の皮を鞣《なめ》し作られたと思うローマ教皇の印が刻印された親書をラララが渡して来た。

「両国共にイスパニア帝国国王討伐には今後、関与しないのだな」

そう聞くと両人は同意の返事をした。

『今後は日本国と貿易を行いたくお考えくだされば』

『バチカンも同じく、他の国々の王にも日本国と良好な関係を築くよう命じますので、何《なに》卒《とぞ》よろしくお願い致します』

血縁で結ばれた関係より、ジブラルタル城での技術誇示の方が勝った瞬間だった。

こうなればイスパニア帝国陸上戦も不利になることは極めて少ない。

「その約束、守られぬ時には沿岸部は灰になると心得よ」

ラララがそれを通訳すると、一瞬苦虫を噛《か》みつぶしたような表情をしたのを俺は見逃さなかったが、最後に脅したあと俺はニコッと笑い二人と握手を交わした。

神聖ローマ帝国とバチカンとは取《と》り敢《あ》えずイスパニア帝国との戦争が終わるまでは日本国間通交通商条約を結ぶこととした。


「城の装飾で異国を屈服させた……あの美少女彫刻で、うぬぬぬぬっ」

お初が庭から天守を仰いで、眉間に皺《しわ》を作り見つめていた。

「血を流さずに済んだのだから文句はないだろ？」

「私の目から血が出そうよ！」

「なんでだよ!?」

お初は複雑な心情をどこにぶつけていいのかわからないようだった。

◇◆◇◆◇

その2日後、明確な態度を示していなかったフランス王国アンリⅣ世からの使者、ル・マンドがジブラルタル城に来た。

織田信長に聞くまでもなく俺が対応する。

『フランス国王アンリⅣ世の親書を持ってきました』

毎日毎日いろいろな言語を聞いている気がする。

俺にはちんぷんかんぷんだが、商人の元で他国の言語を学んだラララが通訳となる。

ラララは通訳として万能だ。

俺の嫁、裏切る心配がない。

しかも俺の秘密を知っているため、俺の言葉で通訳してはいけない言葉なども心得ている。

万能通訳者だ。

親書の内容は、

「『我が国は、内戦で疲弊しており今復興の最中、我が国には日本国に敵対する力はございません。またその理由もございません。友好な関係を築ければと思います。また、イスパニア帝国の件におかれましても我が国は関与せず。ただ逃げ来る兵を入れない為《ため》、国境は防備を固めさせていただきます。その為に軍は動きますが貴国に刃を向けることは決してございません。了承して下さい。それと厚かましいお願いでありますが、あの美少女を描いた者をルーブルに来させてはいただけないでしょうか？　あの絵を我が国の文化に取り入れたくお願い致します』と、書かれていますが常陸様？　どうするでありんすか？　あははははは、御主人様、絵師としてフランス国王から招待されているでありんすよ、あはははははっ」

なにかツボにはまってしまったようで大笑いしているララ、お初《はつ》も笑いを堪《こら》えながら、

「良かったわね、絵師として仕事あって」

大笑いを続けるララの横で、若干呆《あき》れ混じりに言った。

「あはははっあはははははっ、御主人様他国さ勧誘されでら」

ララは笑いのツボに入ってしまって花魁《おいらん》語を忘れて津軽弁で手を叩《たた》いて笑っている。

お初に肩を叩かれ止められるまでしばらく笑っていた。

ジブラルタル城完成式の引き出物に萌《もえ》陶器や萌掛け軸を使者に持たせたのだが、芸術を愛するアンリⅣ世にも興味を持たれてしまった。

フランス国王アンリⅣ世、後世に『大アンリ』『良王アンリ』などと呼ばれる良政を行ったと言われる人物。

どことなく織田信長と被《かぶ》る人物だ。

カトリックとプロテスタントの宗教戦争を終わらせるために《ナントの勅命》を出し信仰の自由を許し、さらに国家再建の為の良い政策でフランスを発展させた。

さらに芸術・工芸家をルーブル宮殿に住まわせ創作活動を行わせている。

あれ？　今の俺に近いような……。

「ル・マンド殿、友好的関係を結ぶのはやぶさかではありませんが、その絵の作者をルーブルに行かせることはできません」

ようやく笑いが静まったラララに通訳してもらい言う。

『なぜにございましょうか？　国王の客人として扱い、創作に専念できる環境を整える事をお約束致します。悪いようには扱いません』

俺は頭をかくしかない。

再び笑いそうになっているラララの肩をお初が摑《つか》み、肩に爪を食い込ませるようにして止めていた。

「オリジナルの作者は、ここに座っている黒坂常陸守真琴《くろさかひたちのかみまこと》様です。ですから、ルーブルとやらで創作活動をすることは出来ません」

お初がきっぱりと断りの言葉を言うと、ラララが通訳した。

するとル・マンドは驚きを隠せないでいた。

「代わりにはならないでしょうが、定期的に俺の描いた絵をお送り致しますので、それで勘弁していただきたい」

『そのようにお計らいくださるなら王も喜ぶでしょう。その絵を元にいろいろ作らせたいと思います』

いろいろ……？

なにか嫌な予感がするが、まあ良いだろう。

せっかくイスパニア帝国の背後を押さえ込むことが出来るのだから良好な関係を築こう。

「そう言えば、アンリⅣ世殿はノストラダムスの占いによって王になることを知っていたはずですよね。占い信じます？」

『1999年7の月恐怖の大王が来る』の予言で有名なノストラダムス、いくつかは都市伝説で当たっていると言われ有名だ。

その一つでアンリⅣ世が王位に就くと予言している。

『なぜに知っているのですか？　その様な事？　日本にも噂《うわさ》が？』

「噂は我が元には届いていますよ。各国の情報はしっかり。ただ、ノストラダムスの事は単純に興味があるだけです。俺の噂は知っていますか？」

聞くとキョトンとした顔で首を横に振ったので、

「そうですか、予言好きなら耳にしていたかと思いましてね、まぁ～それは良いとして、一つ予言を致しましょう。1610年5月14日アンリ国王の暗殺が行われると予言します。よって、警護は十分に行われよ」

『我が王が暗殺？　そう言えば日本国の大臣が持つ不思議な力……聞いたことがあなたでしたか！　わかりました。王にお伝え致します』

フランス王国アンリⅣ世・使者ル・マンドにお初が断捨離のごとく俺の描きためた物を渡していた。

その後、ルーブル宮殿が萌化する事は俺はまだ知らない。

萌掛け軸の御礼《おれい》にと『化粧品とジャム論』『ミシェル・ノストラダムス師の予言書』『ガレノスの釈義』の初版本が送られてきた。

嬉《うれ》しいが予言、当たらないんだよなぁ、ノストラダムス。

１９９９年に世界が滅びていたら俺は生まれないし、などと思いながら文庫箱にしまった。

◇◆◇◆◇

イスパニア帝国対日本国の下準備が整う頃合いを感じたのか織田信長《おだのぶなが》に萌え萌えな天守最上階に呼び出された。

シュールな話をするのはいささか不向きな場所だが、他に話を聞かれたくない場合は一番良い場所だ。

織田信長は北西に広がる大地を見ながら、

「あとは陸上戦だ。常陸《ひたち》、お主は自分で向かうつもりであろうが、あとは儂が動く」

「え？　任せていただけないのですか？」

「常陸は火力に頼りすぎている戦術ばかりだ。この陸上戦は艦砲射撃の援護はない。よって、陸上戦を任せるには及ばず」

「いや、別に功を焦るようなこともないので、適任者が攻めれば良いとは思いますが、誰を大将に？」

俺は戦で活躍して領地、禄《ろく》を増やしたいとかの欲望はない。

「総大将は蒲生氏郷《がもううじさと》とする」

「なるほど、ならば納得です。彼なら大丈夫でしょう」

「ふっ、そこで身を引くのも常陸らしさよの～。他の者どもなら我先にと名乗り出るものだが」

「まぁ～俺自身そんなに戦上手ではないですから、火器そして家臣の力が大きく」

「ふっ、笑わせおって。教育が行き届き団結力と各々の技を磨き鍛え上げた腕を持つ者ども、そして最新の銃火器を使う常陸の軍は最早《もはや》日本国最強ぞ。まぁ～それはいい。イスパニア国王フィリッペを捕らえる戦、蒲生氏郷に指揮を執らせる」

蒲生氏郷、間違いなく有能な武将だ。

反対する理由はない。

「常陸はこのままジブラルタル城で対外的政治に励んでいれば良い。この複雑なしがらみを持つ国々に対応できるのは常陸くらいであろう」

「あの～誤解しないでくださいよ。俺、ヨーロッパの歴史とかって嫌いであまり覚えていないのですから、テストの点数は悪かったし」

「てすと？　確か試験とか言った勉強の出来具合を試すことだったか？　それが未来で悪かろうとそれでも他の者には任せられないからの、よって、常陸をジブラルタル城城主そして、南蛮交易総取締役奉行に任じる」

「なんだか奉行やたらいっぱいなっているような気もしますが、はっきり言って戦場は慣れないので仰せのままに」

安土《あづち》幕府副将軍・造幣方奉行兼安土暦奉行と言う肩書きも外されているわけではない。

そして従二位右大臣・豪州統制大将軍・インカ帝国執政・常陸守だ。

これを名刺に書いたとしたら、一面肩書きだけで埋まってしまいそうだ。

《従二位右大臣・豪州統制大将軍・インカ帝国執政・安土幕府副将軍・造幣方奉行兼安土暦奉行兼南蛮交易総取締役奉行・常陸守》

うん、長い。

自分で言う自信もない。

特に名乗るわけではないので問題はないだろうが、織田信長少し面白半分で俺の役職を増やしていないか？　などと思ってしまう。

昔『官位官職が好き』と、言ったのを今でも覚えているのだろうか？

お茶目なところがあるから、もしかしたらそうなのだろうな。

1603年6月20日

蒲生氏郷はインカやネイティブアメリカンの希望者を足軽に組み入れた3万の大軍を率いて、ジブラルタル城を出陣した。

彼らの多くは家族、友達を虐殺されたか奴隷として連れ去られてしまった者達《たち》だそうだ。

その者達を蒲生氏郷は日本式軍隊行動が出来るように教育すると共に憎しみだけで戦をしないよう教育したとあとから聞いた。

流石《さすが》蒲生氏郷だ。

「右大臣様、軍を少しお貸し下さい」

「ん？　だったら、慶次《けいじ》か宗矩《むねのり》を出すけど」

「いや、派手に戦う鬼真《おにま》壁《かべ》、真壁氏幹《うじもと》殿をお貸し下されればありがたいのですが」

うちの軍は少々異質で、真田《さなだ》・前田《まえだ》・柳生《やぎゅう》率いる軍は忍びが多く、火器戦闘のあとは忍びが静かに敵兵を殺していく。

それに比べて、真壁軍は棒術・剣術に長《た》けた猛将揃《ぞろ》い。

火器で相手を無力化したあと鬼の形相で突撃し殲滅《せんめつ》する。

「わざわざ鬼真壁指名？」

「陽動と言うやつでございます。真壁殿に激しく戦っていただくとこちらが動きやすいので」

「なるほど、わかった。真壁氏幹を援軍として出す。蒲生氏郷が思うように使われよ」

「ありがとうございます」

対岸で城造りに励んでいる真壁氏幹を呼び寄せて、留守居役に柳生利厳《としとし》を命じた。

蒲生氏郷はイスパニアを北から、南の港に上陸した真壁氏幹軍と挟み撃ちにする戦術で次々に都市を陥落させていった。

イスパニア帝国は海外貿易網が寸断されて数年、陸続きの国の支援も受けられずに孤立。国全体が兵糧攻めに近い形になっている。

さらに真田の忍び部隊が流言飛語で扇動、各地で一揆《いっき》が勃発している。

そんな中での最後の抵抗をするイスパニア帝国皇帝フィリッペⅡ世は首都マドリードの

守りを固めるべく各地から兵士を集結させた。

周りの砦《とりで》はもぬけの殻に近くなりほぼ無抵抗降伏状態で次々に陥落。

戦ってもうちの大砲で砦は穴だらけとなったと聞く。

占領した地では飢餓に苦しんでいたイスパニア人に炊き出しをし、食事、医療を提供しながら進軍した。

民衆を味方にするための炊き出し、蒲生氏郷軍や真壁氏幹軍が通ったあとは市民が腹一杯になるという噂が流れるほどだった。

そんな食料の使い方が出来るのはアメリカ大陸、オーストラリア大陸の恵みのおかげだった。

交易のほとんどをうちが管理しているのだから当然。

その補給路がしっかりと続くように俺はジブラルタル城で船の差配をする仕事に専念していた。

なんだか、豊臣秀吉《とよとみひでよし》朝鮮攻めの石田《いしだ》三成《みつなり》になったような気分だ。

そして、戦いが始まり1ヶ月でイスパニア帝国首都マドリードを包囲したと言う連絡が入ると、織田信長は1万の大軍を率いて対イスパニア帝国戦の最後の幕を下ろすために自ら出陣した。

織田信雄《のぶかつ》処刑に始まったイスパニア帝国との長い戦いは幕を下ろそうとしていた。

第五章　イスパニア帝国滅亡

イスパニア帝国と戦となった元凶の源、高山右近《たかやまうこん》が俺の前にいた。

連れてこられた……。

「なぁ、なんであんな馬鹿なことをしたんだ？」

「……」

「折角やり直す機会として、南蛮の使者に推薦したのに、適任な仕事だったはずだろ？」

「……」

高山右近は何も語らなかった。

語らなかったと言うより、語れなかった。

マドリードを蒲生氏郷軍が包囲するとフィリッペⅡ世は高山右近を捕まえて城門の上、見晴らしが良い場所にギロチンと呼ばれる断頭台を設置し、そこで高山右近は処刑された。

そして、その首を差し出すことで織田信長に降伏を申し出てきたそうだ。

勿論《もちろん》、そんな事で織田信長は許すことはなかった。

悪あがきもここまで来ると呆《あき》れを通り越す。

その高山右近の首が今、このジブラルタル城の庭にある。

別に俺は首実検しなくて良いのだけどな。

わざわざ織田信長が送ってきた。

色がどす黒く変わっていたが、顔の形は間違いなく高山右近だ。

俺の家臣として畜産の発展に尽力してくれた実績はある有能な人物。

それが宗教に取り憑《つ》かれたせいで、あらぬ方向に突き進んでしまった人物。

宗教は恐《こわ》い、盲信すれば人を変えてしまう。

俺はそんな男にチャンスを与えたのだが、間違っていた。

主君である俺があのとき、厳罰にしていれば今このような戦争に発展していなかっただろう。

人の上に立つときには非情にならなくては駄目だと、高山右近の首を見ながらしみじみと思いながら語れぬ首についつい話しかけてしまった。

だが、見方を変えれば俺を世界に引き摺《ず》り出した人物、日本の歴史だけでなく世界の歴史を変えるきっかけになった。

インカを代表するイスパニアに滅ぼされた国にとってはそれが助けになったのだから皮肉と言えば皮肉だろう。

色々考えしばらく高山右近の首を見ていると、

「どうするよ？　御大将よ」

前田慶次が聞いてきた。

「慶次、高山右近の首をジブラルタル城下町の一番よく見える場所に晒《さら》して」

慶次にそう命じる。

「裏切り者の末路は美しさのかけらもなしだな」

と言って、さらし首にした。

『黒坂常陸守真琴《くろさかひたちのかみまこと》に背く者は皆こうなるぞ』

そう高札に書いたそうな。

いや、俺に背くというか、織田信長《おだのぶなが》に背いたらなんだけどな。

織田信長が高山右近の首で許すはずもなく、マドリードには連日砲撃が続いた。

織田信長がこの戦いを石山本願寺のように見せしめにする覚悟を持っているのが俺にはわかった。

背く者容赦せず。

皆殺しという手段も選ばずと言うのをヨーロッパ大陸で示したいのであろう。

俺はそこまで非情にはなれないので、この戦いのクライマックスの指揮から外されたであろう事も想像出来た。

俺なら柳生宗矩配下や真田幸村《ゆきむら》・前田慶次配下の精鋭の忍び部隊で、フィリッペII世を捕まえて広場で処刑するのが精一杯だ。

この違いが第六天魔王と自負する覚悟を持った織田信長との差なのであろう。

自分の名が汚れることを恐れない男、それが織田信長だ。

俺はそれを恐れる男のままだ。

悪名、未来に続くとなればやはり躊躇《ちゅうちょ》してしまう。

「真琴様は真琴様のやり方を貫き通せばいいのよ」

お初《はつ》が俺の心の声を読み取ったのか伝令を聞いて難しい顔をしていた俺に向かって一言言った。

ジブラルタル城で後方支援に徹する俺に逐一伝令が来る。

連日連夜のアームストロング砲とリボルバー式歩兵銃での砲撃。

石垣で城塞化されていたマドリードであったが、1ヶ月に及ぶ砲撃で呆気《あっけ》なく陥落した。

中にいた兵士は食料が底をつき、城門を突き破り中に味方が攻め込んだ時には剣を持って戦う体力すらなかったと聞かされた。

そんな陥落したマドリードをイスパニア帝国の王フィリッペII世は、往生際が悪く最後まで側近と逃げ回っていたそうだ。

最終的に町に逃げ市民の家の廁《かわや》で密告により捕まる。

織田信長はその場では殺さず、ジブラルタル城まで引き回して連れてくると言う。

マドリードはフィリッペⅡ世の居場所を密告した者とその一族以外を免除し、全ての者がなで斬りにされ城壁に吊《つる》された。

後に『マドリードのなで斬り』として語り継がれる出来事となる。

織田信長は皆殺しと言う手段で全ヨーロッパ諸国を牽制《けんせい》した。

脅したと言うべきだろう。

マドリードはそのまま蒲生氏郷《がもううじさと》が占領し、日本式天守を持つマドリード城を造る事となった。

ポルトガル国王も兼務していたフィリッペⅡ世が捕まり、マドリード皆殺しの噂《うわさ》が広まると、ポルトガルの有力貴族達連名で完全無条件降伏を申し出てきた。

それを受け入れポルトガル・スペインの支配権はこちら側となりイスパニア帝国は完全に滅亡した。

イスパニア帝国滅亡、そしてスペイン・ポルトガルが日本国領となった噂は瞬く間に世界に広まる。

織田信長と言う男は『大魔王』と呼ばれている噂が耳に入る。

そして俺は『魔軍司令』と呼ばれているらしい。

ハドラーか？

あまり名誉あるあだ名ではないのだが、仕方がないだろう。

さて、織田信長が所望するのは惨《むご》たらしい処刑なはず。

言われる前に準備するか。

ただ惨たらしい処刑にはしない。

意味を持つ処刑にする。

「お江《ごう》、鍛冶師を呼んでくれ」

「は～い。今度は何の料理の道具かな～」

鼻歌を奏でたお江だったが、ごめんよ、料理ではないんだよ。

俺は鍛冶師に大きな鉄の釜を発注した。

分厚く特別頑丈な大きな鉄鍋。

「分厚い鉄で作ってくれ、幾年《いくとせ》も高温に耐えられるように」

「国友《くにとも》の名に恥じぬよう大殿御要望の物をこしらえてやるってんだい」

「釜には不動明王を表す梵字《ぼんじ》を刻印してくれ」

「へい、しっかりと入れますぜ」

同行していたうちのお抱え鍛冶師・国友茂光《しげみつ》の一族が総出で作ってくれた。

「南無不動明王　南無不動明王　南無不動明王　今世において人を永遠に罰する事に御《お》力《ちから》をお貸し下さい」

釜が出来上がり俺は、陰陽の力をその釜に込めた。

魂がこの釜に縛られるようにするための術を施した。

◇◆◇◆◇

処刑には磔《はりつけ》、打ち首、火炙《ひあぶ》り、さらには四肢を牛などに縄で縛り付け引っ張らせる引き裂きなどがある。

中世史を調べれば処刑のやり方の多さに驚くことだろう。

想像出来得る様々な方法で処刑が行われている。

中には、処刑マニアとなった領主夫人女ドラキュラと呼ばれるような人物もいるくらいだ。

俺は処刑マニアではないが知っている中から選んだのは石川五右衛門《いしかわごえもん》で有名な釜茹《かまゆで》の刑だ。

関白豊臣秀吉が誕生せず、そのイベント発生がなかった代わりにフィリッペⅡ世を釜茹で処刑する。

おそらくこれが織田信長も満足する処刑方法のはずだ。

じっくりじっくりと煮込んで。

だが、それだけでは処刑その物が行われてしまえば終わってしまう。

未来にまで続く終わらない処刑。

大釜を鍛冶師に作らせ大量の油を用意させていると、お初が、

「こういった惨たらしい事も考えられるのですね」

意味深に一言呟《つぶや》いた。

「俺が考えたわけではないけどな。俺の知る歴史にはこのような処刑方法を行った者がいるんだよ」

「誰です？」

「羽柴秀吉《はしばひでよし》」

「え？　あの人垂らしの禿《はげ》ネズミが！」

しかめっ面で言うと続けて、

「しかし、これをやるとなると真琴様に悪名が付きますが？」

「いや、付かないと思うよ。処刑方法よりなんで処刑するかの文言さえちゃんとしていればね」

「織田信雄様惨殺《のぶかつ》の罪、それにインカ帝国の滅亡の主犯、様々な地での虐殺と無理な占領、それに奴隷貿易」

「そういう事。織田信雄様の事だけでなく、アメリカ大陸での無差別的侵略の主犯として処刑する。それを対外的に公に。それが今地球上で一番力ある者の役目だよ」

「ならば、各国に大使を遣わせるよう手紙を書くわ」

「あぁ、頼んだよ」

今回のフィリッペⅡ世の釜茹は侵略者に対する罰と言う意味を持たせる事で私怨の処刑ではなくなる。

イスパニア帝国のアメリカ大陸などでの所行はそれに値するくらいの行為なのだ。

そしてその見せしめに……。

◇◆◇◆◇

『俺は高山右近《たかやまうこん》の言うとおりにしただけなんだ、なっ、なぁ～助けてくれ。イスパニアは全てくれてやるから、俺を神聖ローマ帝国に逃がしてくれ、あなた様は織田信長様の軍師なんだろ？』

「と、言っているでありんすよ」

マドリードから茨《いばら》で編まれた籠に入れられ運ばれてきたフィリッペⅡ世の言葉をララがわざわざ訳してくれた。

「ララ、もう良い。なんと叫ぼうと処刑は決まった事」

「そうでござりんすか？」

フィリッペⅡ世の通訳を止《や》めさせた。

負け犬の遠吠《とおぼ》え。

ひたすら声が嗄《か》れるまで叫んでいたが、雑音でしかない。

「フィリッペⅡ世、貴様の所行は織田信雄様を抹殺しただけではない。アメリカ大陸の侵略で多くの民人をあやめしことの責任者として死んで貰《もら》う。俺は日本国で大臣を務めているが、インカ帝国皇帝は俺の嫁、そしてその嫁を支えるべく執政をしている。インカ帝国での行いに対し罰を与える権限を有している」

俺の言葉をララが訳す。

俺の目を見てそれを聞いたフィリッペⅡ世は流石《さすが》に諦めたようで静かになった。

他国を侵略し、大量虐殺を部下達《たち》がしていたのは知っていたのだろう。

イスパニア人のアメリカ大陸での大量虐殺。

金品強奪・奴隷化。

そして、渡航により流行病《はやりやまい》をもたらした行為。

それは繁栄した文明を時代から消し去るほど多くの人を殺した。

病気は間接的とは言え、含めれば俺が知る歴史上最大虐殺をしたのは大航海と言う時代だ。

その責任をフィリッペⅡ世に取らせる。

「宗矩《むねのり》、舌を噛《か》まぬよう猿轡《さるぐつわ》をはめさせよ。処刑までなんとしてでも生きさせよ」

「御意」

一部始終を見ていた織田信長《おだのぶなが》。

「ぬはははは、真琴《まこと》なら逃がすかと思ったが、他民族侵略も絡めば容赦なしか」

「そうですね。この男を他国侵略の犯罪人の見せしめに出来るなら、適任なので」

「よかろう、やってみるがいい、後は常陸《ひたち》に任せる」

「各国に処刑を行うことをお初が手紙を書いています。その知らせを見て人が集まると思うので集まり次第、釜で茹でると言うか揚げます」

「常陸は本当に揚げ物が好きだな」

「なんか、誤解されそうな言い方をしないでください。フィリッペⅡ世を食べる訳じゃないんですから」

「ははははは、わかっておるわ」

そう言って織田信長はマントをバサッと音を立てながら自室に戻っていった。

「フィリッペⅡ世、1週間門前に晒《さら》したのち処刑といたす」

フィリッペⅡ世は猿轡をしながら叫び涙を流し、手足を縛られた状態で悶《もだ》えていた。

武士のような潔さはない男のようで、見ていて胸くそが悪かった。

高山右近がらみだから、妖魔が憑《つ》いているのかとも思ったがこの男には憑いていないようだ。

あの時逃げた妖魔はいずこに行ったのだろうか。

必ず倒さねばならぬ者。

俺が陰陽師としてこの時代にいるのは、その必要性があるからだと思うのだが思い過ごしなのだろうか？

フィリッペⅡ世に妖魔が取り憑いていると思っていたのだが。

◇◆◇◆◇

「お初《はつ》、先に言っておくがフィリッペⅡ世の処刑は少しむごたらしい物を行う。だが、これは俺が心を病み行う処刑ではない。死んでいった者達への罰、そしてその残された者達がフィリッペⅡ世の死である程度納得出来る物でなくてはならない。今回の処刑は多くの意味を持つ」

「わかっているわよ、今後の世界を作るためにも人を人として扱わない、物として売り買いするような者への警告でもあるのでしょ？」

「そう言うことだ。だから処刑の時鬼の顔となろうと黙ってみていてくれ」

「ふふふふふっ、鬼ではないわよ、不動明王様よ」

「不動明王かぁ～」

「えぇ、不動明王の炎で罰を与えている、私そう思うことにしたのよあれの準備しているの見て」

「なるほどなぁ」

「真琴様、大丈夫、信じているから」

　お初はパンパンと俺の顔を両手で優しく叩《たた》いて気合いを入れなおしてくれた。

「この処刑は本当にむごたらしい物になる、他の嫁達には観覧は遠慮するようにお初から伝えて貰えるかな？」

「はいはい、任されました。まっ、お江は絶対見ると思うけど」

「なら、信長様の近くで裏柳生《うらやぎゅう》を率いて狙撃されないか護衛役命じて」

「そうね、下手に自由にさせるより役目与えた方がいいわね」

「聞こえてるんですけど～」

　天井裏から声がする。

お初はズブリズブリと太刀で天井を刺す、

「おいおい大丈夫なのかよ」

「そりゃ〜姉妹ですから」

説得力のない答えが天井裏から聞こえてくる。

苦笑いしか俺には出来なかったが、お初お江《ごう》でしか出来ないブラックジョーク。

俺の張り詰めた心を和ませる為《ため》の芝居だなんて流石に長い付き合いだもんわかるよ。

「ありがとうよ」

「えっ、今なんか言いました？　真琴様？」

そう言いながらもズブリズブリと天井に穴を開けるお初と、

「キャッキャ」

と騒ぐお江の声が俺の緊張を解いてくれているようだった。

「ううん、何でもない。それより穴だらけだからもうやめて、あ〜あ、せっかくの美少女が描かれた天井だったのになぁ〜天井張り替えを頼まないと……」

何カ所も太刀で穴の開いた天井を見て俺は笑った。

◇◆◇◆◇

1603年9月1日

ジブラルタル城城下町には石造りの10メートルの高い塔が完成している。

その塔の天辺《てっぺん》には大きな鉄釜がセットされている。

油を注いだ中にイスパニア帝国元皇帝フィリッペⅡ世。

火はまだ点《つ》けていない。

観客は市民だけでなく各国から大使が来ている。

大勢集まる中、ホラ貝と和太鼓が鳴り響いたあと、一斉に5000丁の鉄砲の空砲が撃たれ白い煙に包まれると観客は静まりかえった。

そして柳生宗矩が処刑前の口上を読み上げる。

「フィリッペⅡ世、この者、日本国の友好的使者である織田信雄を一方的に殺した事、インカ・マヤ・アスティカの国々やその他にも島々を侵略し多くの人々を殺害におよび、財宝を強奪した。また一方的な概念の押しつけにより太古より続く文化を滅ぼそうとした。他国の人々を物として扱い奴隷貿易を進めたこと、これらは人として許されざる所業である。よって、これより永遠に炎に包まれる釜揚げの刑を行う。地獄の業火に包まれ肉体も魂も未来永劫《みらいえいごう》燃え続けよ」

俺が書いた口上だ。

その言葉をララが、スペイン語・英語・フランス語・アラビア語・イタリア語・インカ語、合計6回読み上げた。

ララが、お終《しま》いの合図を俺にしたので、俺は宗矩に向かってコクリと頷《うなず》きの合図をした。

すると宗矩は刀を抜き振り下ろす、釜の下の薪《まき》に火が点けられた。

薪がパチパチと音を立てて燃え出すと、油が少しずつ温まっていく。

最初はちょうど良い温度になるが、だんだんと熱くなる。

その熱く感じるはずの頃合いで一旦火をどける。

じわりじわりと熱するのだ。

猿轡をしているフィリッペⅡ世は顔を真っ赤にして暴れている。

釜の中で滑っては顔を油に漬け火傷《やけど》した顔が見える。

皮がただれ見るも無惨な姿に変わっていった。

観衆は悲鳴だけが響くと思っていたが、それを皆歓喜の声を上げて見ていた。

処刑に慣れすぎた中世ヨーロッパ、それが今まで圧政をしていたフィリッペⅡ世なら尚《なお》更《さら》なのだろうが……。

約20分苦しみ暴れるが、その力も尽きたようで静かになる。

そしてまた火を焼《く》べる。

油はドンドン熱せられ煙が出てくる。

そして、発火温度になり釜の油は火を噴いた。

燃える釜の油。

猿轡が燃えたのか取れたのかわからないが、炎の中から大きな悲鳴が、

『ぐぎゃあああああああ』

最後の一声だったようで、声と同時に火の中で暴れていた人影は消えた。

俺は立ち上がり、

「今後、同じような侵略者が現れるとき、この釜に入れてくれる。よくよく見ておけ、これが地獄の業火よ。すべてを燃やし灰も残らぬようにしてくれよう。人を人と扱わぬ者は肉体、魂は永遠に燃え続けあの世に逝くことすら許さぬ」

ララララがその言葉をスペイン語・英語・フランス語・アラビア語・イタリア語・インカ語で通訳した。

公開処刑の釜には常に油が自動で注がれるよう絡繰《からく》りを付けている。

油が途切れることはない。

この火が侵略者の野望の炎より勝れば、後の世に侵略者は生まれない。

火を燃やし続ければ伝説は語り継がれる。

語り継がれれば教訓になるのだ。

織田信長はその業火を満足げに見ており、市民は元国王の死と支配者が変わると言う複雑な心境からか沈黙が続いた。

お初は俺のすぐ後ろで、小声で、

「南無不動明王　南無不動明王　南無不動明王」

と唱えている。

俺は織田信長の脇から立ち上がり、軍配を振り下ろす。

ジブラルタル城港に接岸している艦隊が空砲を撃ち鳴らした。

軍事力の誇示も忘れない。

すべてがワンセットの演出。

やり過ぎだろうが、これからイスパニアを支配していく上で絶大な力を示すことは重要なのだ。

各国の大使はその空砲に顔を青ざめさせていた。

フィリッペⅡ世の処刑は一時代の幕を閉じると共に、新たな時代への幕開けを意味していた。

フィリッペⅡ世の入った釜は油をつぎ足しつぎ足しさせ永遠と燃えさせる。

永遠の業火で焼き続けられよ。

フィリッペⅡ世の処刑台が『地獄の業火の塔』またの名を『インフェルノ・フレイム・タワー』と呼ばれるようになったのは、しばらくしてからだった。

◇◆◇◆◇

「侵略者は許すまじか。なら儂《わし》らも侵略者だな」

茶室で茶を点《た》てながら織田信長《おだのぶなが》は言う。

確かにイスパニア人からしたら日本人は侵略者になっている。

「そうですね、統治権まで取り、金品食料を強奪し宗教を否定し、こちらから何かを強要すれば侵略者ですが、統治の責任者が蒲生氏郷《がもううじさと》なら大丈夫でしょう」

「なるほどな、だから、総大将が蒲生氏郷なら適任と申したのか」

蒲生氏郷はキリシタンに理解がある方だ。

史実上では蒲生氏郷はキリシタンと知られるが、彼は高山右近《たかやまうこん》に無理矢理肉料理で勧誘されたとか言われており、熱狂的信者というわけではない。

そして、この時間線では蒲生氏郷と高山右近は同時に俺の家臣となっていた時期はなく、接点がないため勧誘されたことはない。

「フィリッペⅡ世と言う絶対君主制から一気に日本国王の絶対君主制にするのは難しいと

は思いますので、蒲生氏郷を統治監として頭に据えて民衆代表者を出し合議制を取り入れてみてはいかがでしょうか？」

「イスパニア人の代表が評定をする日本国か？　イスパニア藩だな？　藩主・蒲生氏郷」

幕府の根本的な運営を織田信忠《のぶただ》、徳川家康《とくがわいえやす》に任せていた結果は幕藩体制となった。

そして日本国の者が統治する国もその枠組みの中なので『藩』と呼ぶ。

「まあ、そのようなところで。政治の宗教色を薄くするために隣のフランス王国のように信教を自由にしてしまうのがよろしいかと。でないと、プロテスタントだとか、カトリックだとかなんだか同じ神を崇拝しているはずなのに争いが始まりますからね」

「政治に宗教は入り込ませません。それは厳しく取り締まる。しばらくは儂はこのジブラルタル城で目を光らせておく。なに、一度経験していること、壊してしまった国を立て直す、日本でしてきた事よ。それより、常陸《ひたち》は一段落したから帰ってはどうか？　長いこと会っておるまい」

「ん～茨城そろそろ帰りたいですけど、仕事もまだまだ有るし……」

「儂の年齢でも気にしているのか？」

「別にそういうわけではないんですが……」

話しているとそれを黙って聞いていたお初《はつ》が、

「異国の姫君が側室になるとかならないとかで、それを待っているんですよ。伯父上様」

「ぬはははははは、馬鹿か。まだ側室が欲しいのか」

久々に織田信長の「馬鹿か」を聞いた気がする。

「うっ、お初、それを言うか……」

俺はオスマントルコ帝国次期皇帝アフメトI世の妹とイギリス海軍提督フランシス・ドレークの娘を実は楽しみに待っていたのだ。

「いい加減にせい。次から次へと作りおって、少しは茶々達《ちゃちゃたち》に優しくしてやれ。茨城城で必死に働いているぞ」

義父である織田信長にそう言われてしまえば仕方がない。

「はい、わかりました。ちょっとだけ日本に帰りますから」

茨城城に帰ることを決めた。

くぅ～オスマントルコ美少女とイギリス美少女……残念。

◇◆◇◆◇

《とある国》

「お母様、イスパニアが滅んだとオスマントルコの商人が申していますわよ」

「あら、遂《つい》に日の本の宰相は成し遂げたのね？」

「えぇ、何でも燃えさかる油の中でずっとイスパニア皇帝は燃え続けていると言っていましてよ～」

「まぁ～雅《みやび》な刑ですわね」

「私もそう思いましてよ」

「ねぇ～あなた、その日の本の宰相に嫁ぐ気はないかしら？」

「面白そうでよろしくてよ～」

「なら、もっと日の本の言葉を学ばなくてはでしてよ、あっこら逃げないの」

「おっほほほほほほっ勉強は嫌いでしてよ～」

バートリ・エルジェーベトは娘のことを鞭《むち》を持って追いかけ回していた。

その姿を日本語を学ぶ為《ため》にと雇われた伊達《だて》政宗《まさむね》が送り込んだヨーロッパ諸国情勢を観察し日本国側になれそうな者を支援する役目を持たされた支倉常長《はせくらつねなが》が見ていた。

「流石《さすが》右大臣様、一国の統治をこんなにも早くしてしまうなんて……。次の争いは必ずこの地中海となる、日本国が目の上のたんこぶとなったはず。今はよくても必ず戦がくる。ならばその戦を小さくするために味方を多く作らなくては……」

テレビ画面が再びベテランミステリーハンター竹外さんを映すと、白髪で立派なあごひげを蓄えた紋付き袴《もんつはかま》姿の老人と一緒に写っていた。

「え～正解はなんと日本政府後見役参議・黒坂龍之介《くろさかりゅうのすけ》様が教えてくれます。黒坂様、答えは？」

「死体を燃やし続けフィリッペⅡ世の体を残さないようにするのと同時に、萌《も》えると燃えるの駄洒落《だじゃれ》ですね。その手紙がこちらに残っております」

一枚の黒坂真琴《まこと》直筆の手紙が映し出された。

「なっ、なんと、未公開だった手紙がここにあります。驚きです。長らく謎とされてきた釜揚げの刑の真相がわかるとは」

再び番組内で黒坂真琴七不思議の一つの謎が解明されて世界のテレビは一斉に字幕ニュースを流していた。

「高萩《たかはぎ》さん、野々町君ボッシュート。白柳さん、久慈川《くじがわ》さん、結城《ゆうき》さん、正解です」

「本日の結果はなんと久慈川萌香《もえか》さんがパーフェクトを達成致しました。トップ賞はこちら、黒坂真琴直筆レプリカの美少女萌陶器のセットとなります」

高級陶器がトップ賞であった。

「まだまだ、謎の残る黒坂真琴伝、また近いうちに取り上げたいと思います。それでは来週もまたこの時間にお目にかかりたいと思います。常陸時代ふしぎ発見！」

あとがき

『本能寺から始める信長《のぶなが》との天下統一10』、購入していただきありがとうございます。

発売巻数がこんなに続くと思っておりませんでした。

ここまで続けられたのは皆様のおかげです。本当にありがとうございます。

そしてコミカライズも2023年7月26日に4巻が発売され、今でも電撃大王で連載しています。

こちらも楽しんでいただければと思います。

今年の夏は暑すぎて本屋さんに足を運ぶのが億劫《おっくう》になった方もいるはず。

是非、10巻と合わせてお買い求めいただければと思います。

読書の秋に相応《ふさわ》しい陽気だといいのですが……。

さて、話は変わりまして、本巻でいよいよヨーロッパ大陸に上陸した黒坂真琴《くろさかまこと》・織田《おだ》信長、いいなぁ〜私、行ったことないのに……。

そんな事より、ハプスブルク家？　メディチ家？　神聖ローマ帝国？　ヨーロッパの王侯貴族は血縁関係で結ばれていた？

実はチンプンカンプン、ヨーロッパ史は苦手です。

学生時代、社会系教科は比較的良い点数だったのですが、ヨーロッパ史になると格段に点数が低かったのを覚えています。

そんなヨーロッパ、史実とは大きく異なる部分があります。

間違いだと怒る方もいると思います。

あくまでもフィクションとして、分岐した世界線の物語として読んでいただければ幸いです。

しかし、出来る限り歴史上人物は誕生年から考え、無理のない範囲で登場させています。アイアンメイデンで有名なあの婦人や、地動説で有名なあの科学者が織田信長と同じ時代の人物、意外だと思った読者も多いはず。その人物達《たち》が今後どの様に絡んで来るか？　書きたいです。読んでもらいたいです。

海外で活躍する彼たちになるであろう11巻でまた皆様にお目にかかれることを願っています。

常陸之介《ひたちのすけ》寛浩《かんこう》

OVERLAP

本能寺から始める信長との天下統一 10

発　行　2023年10月25日　初版第一刷発行

著　者　常陸之介寛浩
発行者　永田勝治
発行所　株式会社オーバーラップ
〒141-0031　東京都品川区西五反田 8-1-5
校正・DTP　株式会社鷗来堂
印刷・製本　大日本印刷株式会社

Printed in Japan　ISBN 978-4-8240-0631-8 C0193